二子玉川物語

バー・リバーサイド❷

吉村喜彦

ハルキ文庫

JN192166

角川春樹事務所

本書は、書き下ろし作品です。
物語はフィクションであり、
実在の人物・団体等とは一切関係ありません。

プロデュース　吉村有美子

Bar Riverside 2

CONTENTS

海からの風《シー・ウインド》

Bar Riverside

開店前のあわただしいときだった。

マスターの川原草太《かわはらそうた》が少し寝不足《ねぶそく》の目をしょぼつかせながら氷を割っていると、アシスタントの新垣琉平《あらかきりゅうへい》がカウンターの真鍮《しんちゅう》のバーを磨《みが》く手を休め、

「今日、月曜日でしたよね」

ニコッとして言った。

「ああ」

アイスピックの動きを休めず、それがどうしたという顔でマスターが琉平のほうに視線を向ける。

「寿司屋《すしや》の若松《わかまつ》さん、今日あたり、きっといらっしゃいますよ」

真鍮のバーに息を吹きかけ、やわらかい布でていねいに拭《ふ》きながら、琉平がうれしそうに言う。

たしかに、月曜日は若松の経営する「寿司すずき」の定休日だ。

そういえば、若松さん、だいぶご無沙汰《ぶさた》だな……。

マスターも一瞬、手をとめて、透《す》きとおった氷をぼんやり見つめた。

しかし、琉平も不思議な男だ。

やたら星占《ほしうらな》いに詳《くわ》しかったり、第六感がさえていたりする。ひとの顔いろを見て、病気の判断をしたことも一度ならずあった。

琉平の祖母は、ユタと呼ばれる沖縄《おきなわ》の霊媒師《れいばいし》だと聞いたことがある。

その血筋《ちすじ》のなせる業《わざ》だろうか、琉平は妙《みょう》な直感がはたらくのだ。

マスターは腰をのばし、換気《かんき》のために店の窓をすこし開けた。

と、生まれたばかりの夏の風が、バーの中をさーっと吹きぬけていく。

川堤《かわづつみ》から聞こえるミンミンゼミの声が、少年の日の夏休みを思い出させた。


今朝、マスターは、遠くの雷鳴《らいめい》でまだ早い時間に目を覚ました。

カーテンをたぐると、低く垂《た》れこめた雲が川の向こうから次々と押し寄せ、葦原《あしわら》が大きく波うっていた。

風景が透明《とうめい》な紫《むらさき》に染まったかと思うと、稲妻《いなづま》が空を切り裂《さ》き、雨が叩《たた》きつけるように降り出し、あっという間に対岸が見えなくなった。

小一時間《こいちじかん》、胸のすくような雨に見とれるうち、黒い雲は逃げていき、抜けるような青空がやってきた。

長い梅雨《つゆ》が明けたのだった。

マスターと琉平はひととおり掃除《そうじ》を終えると、グラスやボトルを所定《しょてい》の位置にきちんと整え、氷やおしぼりを用意して、エアコンをつけた。

壁にかかった古時計を見上げると、ちょうど午後五時。

時間をはかったように、重い扉《とびら》がかすかにきしんだ音をたてた。

と、中肉中背《ちゅうにくちゅうぜい》、すっとした身体《からだ》つきの中年男が、ちょっとはにかんだ笑《え》みを浮かべて、入り口に立った。

寿司屋の若松海人《うみひと》だった。

＊　＊　＊

若松はマスターと同《おな》い年《どし》。

海人という名前のイメージとは違って、陽焼《ひや》けもせずに餅《もち》のように白い肌。マスターをひとまわり小さくしたような姿かたちをしている。

違っているのは、マスターが丸刈《まるが》りなのに、若松は剃《そ》り上げたスキンヘッドというところ。ちょっとブルース・ウィリスのような風貌《ふうぼう》だ。

職業柄《しょくぎょうがら》か下腹《したはら》もぷっくり出ている。

「マスターと若松さんがふたり並んでいると、お坊《ぼう》さんのマトリョーシカみたいですよ」

と琉平は日ごろから軽口《かるくち》をたたいている。

今日の若松は、ボーダーのカットソーに白いチノパン。足もとは素足《すあし》に濃紺《のうこん》のデッキシューズできめている。

「これ、お土産《みやげ》です。どうぞ」

恥ずかしそうに白い歯を見せ、若松が琉平に紙包みを手渡す。

「え？　今日、お休みだったんじゃないんすか？」

琉平が驚いて、訊《き》く。

「うん。でも、マスターと琉平クンの好物なんで、ちょこっと作ってきましてん」

若松がちょっと関西弁まじりでこたえる。生まれは大阪なのだ。

琉平が目をパッと見開き、

「お稲荷《いなり》さん、かな？」

言いながら、もどかしそうに包みを開ける。

若松はその姿をまぶしそうに眺めながら、

「キンキンに冷えたモヒートもらえます？　ミント多めの、甘さ控《ひか》えめで」

スツールに腰かけながら、マスターにオーダーする。

「はい」

マスターは若松の目を見て、言葉《ことば》少《すく》なにうなずき、グラスの用意をはじめた。

「わあっ。やっぱりお稲荷さんだ。ね、ね、マスター。大好物の太巻《ふとま》きも入ってますよ」

琉平がうれしそうな声をあげると、

「いつも、すみません」

マスターが、きちっと45度の角度で礼をする。

「店では出してないんですけど、自分用によく作るんです」

若松がこたえながら頭をかいた。

カウンターの中から琉平が冷たいおしぼりをサッと差しだす。

「おおきに。ぼくみたいな頭は太陽に無防備《むぼうび》で、こう暑いと、どうにも往生《おうじょう》するんですわ」

笑いながら言って、若松は冷たいおしぼりで手と顔を拭《ふ》き、ついでに、頭もつるっとぬぐった。

マスターはさっそくモヒートをつくりはじめる。

冷蔵庫から取り出した新鮮なライムを適当な大きさにカット。ブラウンシュガー少々とともに10オンスのグラスに入れ、ペストル（すりこぎ）でつぶす。

ライムジュースに砂糖をしっかりなじませ、スペアミントの葉っぱをたくさん入れて、ふたたび軽くつぶす。

クラッシュド・アイスをザザッと入れ、バカルディ・ホワイトを注《そそ》ぎ、最後に炭酸水《たんさんすい》でグラスを満たして、軽くステア。

大きめのグラスの周りには、きめ細かい霧《きり》が吹いている。

プチプチとはじける炭酸の音、ミントの鮮《あざ》やかなグリーンがいかにも爽《さわ》やかだ。

カウンターの向こうから、マスターがグラスをすっと滑《すべ》らせる。

すがすがしい香りが、胸の奥深《おくふか》くまで染《し》みとおっていく。

いやおうなく五感を刺激された若松は、思わずごくりとのどを鳴らした。

「いただきます」

グラスを口もとに引き寄せ、ひとくち飲む。

目をつむって味わった後、グラスをカウンターに置こうとしたが、若松は一瞬ためらい、ふたたびグラスを口に持っていった。店までたどりつく間に、すっかりのどが渇《かわ》いていたのだ。

マスターと琉平はその様子を静かに見守る。

若松はグラスを置くと、ふーっと長いため息をついた。

「梅雨明けの空の味やねえ」

ありがとうございます、とマスターは言って、琉平のほうをちらりと見やる。

琉平が小皿に入ったフリーズドライのパイナップルを出す。

すかさず若松はそれを摘《つ》まんで、ひょいと口に入れ、

「このマリアージュ（飲みものと食べものの組み合わせ）、めっちゃええ感じ。この天気といい、ハワイのノースショアかどっかで飲んでるみたいやね」

そう言ってニコッとする。

バー・リバーサイドの横長《よこなが》の大きな窓からは、ほのかに薔薇色《ばらいろ》に染まりはじめた夏の空が見えた。

＊　＊　＊

若松海人は、六十歳を過ぎた寿司職人。

高島屋《たかしまや》の裏に延びる古くからの商店街で、「寿司すずき」を妻とふたりで営《いとな》んでいる。

もともと妻の父が開いた店だが、義父《ぎふ》が亡《な》くなり、店を継《つ》いだのだ。

一年ほど前、酒好きの若松がバー・リバーサイドにやって来て、なにげなく話すうち、マスターと同い年だとわかり、お互いカウンター商売なので共感する部分も多く、やがて若松はふらりと店に立ち寄るようになった。

ふたりは歳《とし》が同じだけでなく、大学時代を京都で過ごしたのも共通していた。

「寿司すずき」はミシュランの一つ星を獲得《かくとく》した店なので、世俗的《せぞくてき》なことに疎《うと》いマスターでもその名は知っていたが、若松の代《だい》になってから星がつかなくなったとも聞いていた。

マスターは、ミシュランと聞くだけでその店に行きたくなくなるタイプだから、「すずき」に顔を出したことはなかった。

しかし、実際そこで寿司を握《にぎ》る男が、構《かま》えたところのない颯爽《さっそう》とした人間だったので、その意外性も手伝って、若松と親しくなった。

マスターも若松も、父親が大阪生まれで母親が東京生まれ、というのも同じだった。

若松の父は、戦前、日本大学の水泳部員で、幻《まぼろし》の東京オリンピックの代表選手だった。学芸大学《がくげいだいがく》の駅近くに大学の合宿所があり、寿司好きだった父親は、駅前にある寿司屋によく通《かよ》ったそうだ。

ただし、お金がないので、食べる寿司は「かんぴょう巻き」のみ。

さっと食べて、さっと帰るその姿をせつない思いで見つめていたのが、店の看板娘《かんばんむすめ》。

ることになる。

寿司屋のその愛娘《まなむすめ》と若き日の若松の父親は恋に落ち、学生結婚。のちに、若松が生まれ

「この世《よ》に寿司がなかったら、ぼくは生まれてこなかったんですよ」

モヒートのグラスを傾《かたむ》けながら、若松は顔をほころばせる。

だから、おふくろはかんぴょう巻きが得意だったんです、と続け、

「でもね、子どもの頃はそのかんぴょう巻きが、ちょっと恥《は》ずかしかったんやなあ」

少し遠い目をした。

若松の遠足の弁当はいつも母ご自慢《じまん》の「かんぴょう巻き」だった。

かんぴょう巻きは、シンプルゆえに、いたって質素《しっそ》である。

一方、級友たちの持ってくる弁当は、ことごとく「太巻き」だったそうだ。

太巻きはかんぴょう巻きよりもずっと大きく、玉子焼きやシイタケ、焼き穴子《あなご》、おぼろ、

キュウリ、三《み》つ葉《ば》などが入って、いかにも贅沢《ぜいたく》なつくりだった。

若松はそんな太巻きとかんぴょう巻きを見比べて、なんだか自分の家がビンボーみたい

で、肩身《かたみ》のせまい思いをした。

「家に帰っておふくろに文句いったんですよ。なんで太巻き、作ってくれないんだって」

と若松が言うと、マスターが黙って身を乗りだした。

「おふくろは、きっぱりと『うちは東京の寿司屋だったのよ。江戸前《えどまえ》じゃ海苔《のり》巻きはかんぴょう巻きに決まってんじゃないの』って。で、それからも遠足は必ず『かんぴょう巻き』やったんですよ」

眉《まゆ》を八の字にして若松がぼやくと、マスターが上品に微笑《ほほえ》んだ。

若松はふたたびモヒートをごくりと飲んで、口を開いた。

「ぼく、家にいるときは東京弁でしゃべってたんですけど、外に行くと『おまえ、なんや、女みたいな言葉つかいよって』ってめっちゃバカにされて、いじめられる。とくに大阪は妙《みょう》に東京に対抗意識《たいこういしき》があるから、ひどい。だいたい、周《まわ》りはみんな南海《なんかい》か阪神《はんしん》ファンやった。で、必死のパッチで大阪弁おぼえたんです。『橋』と『箸《はし》』、『雨』と『飴《あめ》』とか、イントネーションが真逆《まぎやく》なことばが多いから、ほんま苦労しましたよ」

マスターはグラスを磨《みが》きながらうなずいて、

「わたしの父も大阪生まれだから、きっと東京でたいへんだったんでしょうね」

「東京と大阪ってたった500キロしか離れてないのに、まるで違う国ですもん」

「わたしも大学時代、東と西の文化の違いにほんと驚きました。エスカレーターの乗り方だって違いますよね」

とマスターが相《あい》づちをうつ。

「そうそう。大阪は右側に立って、東京は左側」

若松がこたえると、那覇《なは》生まれの琉平が、

「沖縄はみんなテーゲーさね。右にも左にも立ってるさぁ」

おっとり言ったので、若松もマスターも思わず顔を見合わせて笑った。

でも、人間って……と若松が口を開く。

「長く住んでいると、その土地のひとになるんですね。ぼくも就職して東京に出てきて、いまや人生の大半《たいはん》をこっちで過ごし、すっかり東京人になっちゃってさあ。大阪に帰っても、おもわずエスカレーターの左に立って、後ろの人から文句いわれてますよ。ま、在東《ざいとう》京大阪人《きょうおおさかじん》って感じですか」

たしかに、と言って、琉平が大きくうなずき、

「ぼくもすっかり在日琉球人《ざいにちりゅうきゅうじん》になってしまいましたもん」

＊　＊　＊

若松海人はひとりっ子である。

小さい頃《ころ》から食いしん坊で肥満児《ひまんじ》だった若松は、母親の台所仕事を手伝って、ハンバーグやロールキャベツなどを器用に作り、両親の喝采《かっさい》をあびた。

根っからのお調子者《ちょうしもの》なので、褒《ほ》められれば褒められるほど得意料理のレパートリーを増やしていった。

運動も勉強もからっきしダメだったが、料理だけはお手《て》の物《もの》だった。

税理士の父は息子に仕事を継《つ》がすべく、経済学部に入学させたが、いざ実家を離れて下宿《げしゅく》をすると、若松は授業などそっちのけで、包丁や鍋《なべ》を買いそろえて料理にいそしんだ。

その時節《じせつ》にあった料理をイメージし、メニューを考えることが楽しかった。親からの仕送りはもちろん、割烹《かっぽう》のアルバイトで稼《かせ》いだお金も注《つ》ぎ込み、京都ならではの食材探しに錦市場《にしきいちば》をまわる日々だった。

友だちと居酒屋《いざかや》で飲んでいて、おいしい肴《さかな》に遭遇《そうぐう》すると、厨房《ちゅうぼう》に行っては料理人にあれこれ質問した。雀卓《ジャンたく》を囲みながら料理のアイディアを思いつくと、メモ帳をたびたび取り出すので、友人たちからブーイングをくらった。

新しい料理を考えて食材をさがし、味つけを工夫《くふう》すること――それは若松にとって、女の子とのデートよりずっと心躍《こころおど》ることだった。

できた料理を親《した》しいひとに食べてもらい、「おいしい！」と笑顔で言ってもらうときが最高だった。子どもの頃に憧《あこが》れた太巻きも、いつしか上手《じょうず》に作れるようになっていた。

あるとき下宿のおばさんにもごちそうすると、

「あんた、こんだけの腕《うで》ありはるんやったら、プロの料理人にならはったらええのに」と言ってくれたが、料理はあくまで趣味《しゅみ》だからいいのだ、と思っていた。

父から「自分の好きなことは仕事にするな」とつねづね言われていたし、若松自身がそう思い込もうとしていた。

ちょうどそのころ、久しぶりに実家に帰って母の「かんぴょう巻き」を食べ、初めてその味わいに感動をおぼえた。

シンプルな食べものの奥深さを、知った瞬間だった。

「人間の舌《した》というのは時間とともに進化するんですね」

若松はモヒートのグラスを持って、中に入っていたミントの葉っぱを指でひょいと摘《つ》まんで、口の中に入れて嚙《か》んだ。

「ミントって爽《さわ》やかなだけじゃなく、かすかに苦《にが》みもあるじゃないですか」

という若松のことばに、マスターがうなずき、

「暑い季節は、苦みがことのほかおいしいですね」

「食べものや飲みものにはこの苦みというのが大切ですよね。子どもの舌では、甘いものがおいしいということになりますもん」

「甘さは、わかりやすいですから」とマスター。

「苦みの苦は、苦手《にがて》の苦、ですか」琉平が茶々《ちゃちゃ》を入れる。

たしかに、と若松が微笑《ほほえ》み、

「子どものころ、じつはデブやったんです。だから、よくいじめられて。で、高校時代、女の子にもてたい一心でスイーツ控《ひか》えて一所懸命《いっしょけんめい》ダイエットしてね。なんとか甘いもんをコントロールできるようになったんですよ。おかげで、そのぶん徐々《じょじょ》に苦みがわかるようになった気ぃしてます」

「なるほどですねえ。苦みって、おとなの味なんすね」

琉平が軽々《かるがる》しく相づちをうつ。

「抑制《よくせい》がきいているってこと、ですか」

とマスターがアイスピックで氷を割りながら、つぶやくように言う。

「高倉健《たかくらけん》がしゃべりすぎると、苦みがなくなりますもんね」

若松が言って、のどを鳴らしてモヒートを飲み、ひと呼吸置いて続けた。

「苦みが好きになったのは大学時代の友人のおかげなんです。そいつは魚と山が好きな男でね。渓流《けいりゅう》釣りに連れていってくれて、鮎《あゆ》のうるかや山菜《さんさい》も食べられるようになった。母のかんぴょう巻きの懐《ふところ》の深さも、苦みを知ってわかったんです」

琉平が、

「かんぴょうって醤油《しょうゆ》と味醂《みりん》、出汁《だし》と砂糖で煮《に》たもんでしょ？　甘辛《あまから》いだけじゃないんすか？」

首をかしげて訊《き》いた。

「でもね、よく味わうと、ほのかな苦みがアクセントになってるんですよ」と若松。

「甘辛いだけだと、単調で飽《あ》きる。微妙《びみょう》な苦みが味にふくらみを出しているから、かんぴょう巻きは江戸の昔から今まで、ずっと寿司屋の定番なんだよ」

マスターが氷をアイスペールに入れながら琉平に言った。

琉平はしばらく宙を見つめるようにして考えていたが、

「そうかぁ。最近のゴーヤーが不味《まず》いのは、あまり苦みがないからですもんね」

納得《なっとく》した顔になった。

＊　＊　＊

若松は大学卒業後、父の得意先である印刷会社の東京支店経理部《けいりぶ》に就職した。

父は、まずは息子に経理の実際を勉強してもらおうと、コネで入社させたのだ。

若松は昔から計算が苦手で、小遣《こづか》い帳の帳尻《ちょうじり》だって合わせたことがなかった。

はたして経理の仕事ができるのか、ちょっと不安だったが、やってみれば何とかなるだろうと思ってもいた。もともと楽天的な性格なのだ。

そうして入った会社で、若松はやがて妻となる鈴木《すずき》陽子《ようこ》と出会った。

陽子は会社の受付嬢《うけつけじょう》だった。

小柄《こがら》で、よく笑い、人の目をまっすぐ見つめてしゃべる子だった。受付を通る人はみな、こぼれるような彼女の笑顔に心をうばわれたが、若松もそのひとりだった。

若松は大阪人のお笑いセンスとまめさを発揮《はっき》して、毎日の電話とギフト作戦で、みごと受付アイドルの心を射止《いと》めた。

陽子の実家が寿司屋だったことも、「かんぴょう巻き」の縁《えん》でこの世《よ》に生《せい》をうけた若松に有利にはたらいた。

初めて「すずき」に寿司を食べに行ったとき、江戸っ子で職人気質《しょくにんかたぎ》である陽子の父・鈴木光造《こうぞう》は、寿司をすばやく口に放《ほう》りこむ若松をすっかり気に入ったのだ。

その後、調子づいた若松はたびたび「すずき」に通ったが、結婚《けっこん》の二文字がちらつきはじめてから、光造はひとり娘を手放すことに躊躇《ちゅうちょ》しはじめた。

いっぽう母の和枝《かずえ》は、「こけの一念《いちねん》」を絵に描《か》いたような若松の人間性を評価。夫を根《こん》気《き》よく説得して、めでたく若松と陽子は結ばれたのだった。

そうして結婚して三年経《た》った、ある朝。

めずらしく二日酔《ふつかよ》いの若松は、ネクタイを結ぶ手を止め、

「会社に行きたくない……」

まだ酒の残る息で、ぼそっとつぶやいた。

一瞬、陽子は驚いた。

いったい何があったんだろう？

冗談《じょうだん》めかして会社の愚痴《ぐち》を言うことはあったけど、そんなのとぜんぜん違う……そういえば、最近、よく溜《た》め息《いき》をついてたっけ。

若松の周《まわ》りには、ただならぬ気配《けはい》が漂《ただよ》っていた。

まずは、夫の気をしずめよう。

陽子は若松のかたわらに寄り添《そ》い、やさしく話を訊《き》いた。

そんな妻に、若松は堰《せき》を切ったように、会社での鬱積《うっせき》したストレスを吐き出した。

ささいな計算ミスを指摘されては毎日残業させられ、若松の素直な性格をいいことに、同僚《どうりょう》たちから足を引っ張られ、ヒステリックなお局様《つぼねさま》からは嫌《いや》がらせを受け……もう精神が限界状況に達している——と、若松は言いよどみながらも打ち明けた。

子どものころから団体行動は苦手だったし、ほんとは組織《そしき》の仕事に向いていない……。

とはいえ、親父《おやじ》はひとり息子のおれに夢を託《たく》し、コネを使ってこの会社に入れてくれたんだ。「会社が嫌《いや》になりました」とあっさり辞《や》めるわけにはいかない……。

若松の眉間《みけん》には深い皺《しわ》が刻まれ、顔は青ざめ、唇《くちびる》はふるえていた。

ふだんの若松とは別人のような、打ちしおれた姿だった。

陽子は夫がそこまで苦しんでいたのを初めて知って、わたしがなんとかしなくては、と心ひそかに意を決した。

それからひと月——。

若松はずっと会社を休んで家に引きこもり、何かに取りつかれたように、ひたすら好きな料理をつくり続けた。

ある夜、陽子は夫のつくった太巻きを頰張《ほおば》り、

「泣いても、笑っても一生。人生一回きりだもん。これからは、好きな道で生きようよ」

力強く言って、春の日だまりのような眼差《まなざ》しで微笑んだ。

張りつめていた肩の力がふっと抜け、若松ののどの奥に思わず熱いものが込みあげてきた。

でも、転職先は……。

「うちの父さんに、頼んでみようよ」

「…………」

寿司職人になりたいのは、やまやまだけど。

「大丈夫。ひとり娘には弱いのよ」

「おれみたいな男、お義父《とう》さん、そうやすやすと修業《しゅぎょう》させてくれるのかな？　義理の息子だし……」

「まずは行動しないと世界は変わらないわ。とにかく、やってみるだけよ。やらないで悩《なや》んでるのは男らしくないよ。やってみてダメなら、あきらめもつくわ」

陽子のこの一言《ひとこと》が、若松の背中をぐっと前に押したのだった。

「親父さん、年くった素人《しろうと》を、職人としてよく修業させてくれましたね？」

琉平がマカダミアナッツの小皿を若松の前に置きながら、ストレートに言った。

琉平の言葉づかいに、マスターはときどきひやりとする。

が、若松はまったく気にしない。

むしろ、そんな琉平の単刀直入《たんとうちょくにゅう》な物言《ものい》いが好きだった。相手から変な気遣《きづか》いをされると、かえって自分がそれ以上に気をまわすタイプなのだ。

「もちろん最初からすんなり受け入れてくれたわけじゃないよ。同《おな》い年《どし》の兄弟子《あにでし》もいたしね」

若松はナッツを口に運んでカリッと音をさせ、ふと左側を見て、驚いたいろをみせた。

いつのまにか、一つおいた席に春《はる》ちゃんがしなを作って座《すわ》っていたのである。

若松は居住《いず》まいをただして挨拶《あいさつ》し、チェイサーをごくりと飲んだ。

思わずおしぼりで額《ひたい》をぬぐう。

自分の話にすっかり夢中になって、春ちゃんが来たことにまったく気づいていなかったのだ。

今日の春ちゃんは、ビビッド・イエローのざっくりサマーニットに、あざやかな花柄《はながら》のサブリナパンツ。素足《すあし》に白のスニーカーで女の子らしくキメていた。

マスターとは中学の同級生で、当時は空手《からて》部の主将として鳴らした。本名は春川龍造《はるかわりゅうぞう》。この界隈《かいわい》では有名人である。若松とも同い年だから話が合うのだ。

ほんと今日は暑いわねえ、と春ちゃんは手のひらで顔をあおぎながら、

「やっぱ、夏はジンだわ。う〜ん。何だかジンジンしちゃうっ。タンカレーのナンバー・テン、ちょうだい」

マスターに向かって言う。

「飲み方は?」

マスターが訊く。

「あたしみたいな可愛《かわい》い色の、カ・ク・テ・ル」

「……？」

マスターが首をかしげると、春ちゃんが笑くぼを作って、こっくりうなずいて見せる。

一瞬、間《ま》があって、

「かしこまりました」

手短《てみじか》にこたえると、マスターはバックバーからアンゴスチュラ・ビターズの小さな瓶《びん》を取りあげた。

ボトルは手のひらサイズ。

白いラベルはとても大きく、ボトルの肩の上までくるりと巻かれている。しかも文字だらけなので、なんだか新聞紙にくるまれた薬瓶《くすりびん》みたいだ。

若松は興味深そうにマスターの手もとを見つめる。

オールド・ファッションド・グラスのなかに、こげ茶色のビターズを数滴ダッシュ。

グラスを回して内側がくまなくビターズで濡れるようにし、そこに大きめの氷。

そして、冷凍庫できんきんに冷やしたタンカレー・ナンバー・テンをとろりと注《そそ》ぎ、ゆっくり三回ステアした。

「ピンク・ジンです」

マスターが、春ちゃんの前にグラスを静かに置く。

ビターズの色とは打ってかわって、淡《あわ》いピンク色の液体になっている。

松ヤニのようなジュニパーの香りが、若松のほうにもふんわり漂《ただよ》ってきた。

春ちゃんが、ひとくちすする。

「ビターズが決め手、よね？」

「はい」

マスターがにっこりする。

「もともと南米の苦い胃薬《いぐすり》だったっていうじゃない？　ピンク・ジンって、けっこうアルコール度数はきついんだけど、酔うというより、どんどん醒《さ》めてくような不思議な感覚になるの」

「やっぱり大事なのは苦みですか。じゃあ、ぼくもモヒートにビターズをちょっと垂《た》らして、お代《か》わりもらお」

若松がオーダーすると、

「そのモヒート、ヘミングウェイの好みですよ」

琉平が若松の前にやってきて、ちょっと知識をひけらかす。

春ちゃんはピンク・ジンをひとくち飲み、残り香《が》を味わいながら、

「ビターズが入ると、ジンの青い香りに、下草《したくさ》や土のにおいまで溶けてくる感じ。世界がぐっと広がるのよ」

そしてグラスを置いて、若松のほうに向きなおった。

「あんたの転職の話。ようくわかるわよ。あたしも二丁目で働きはじめたのって、二十代後半だったのよねぇ。この仕事、ちゃあんとやってけるかどうか、ほんと毎日ドキドキしてたわ。じっさい働きはじめてみたら、ヤな先輩――年下とか同い年が一番タチが悪いんだけどさ――そいつらに対抗意識《たいこういしき》むきだしでいじめられてね。面倒《めんど》くさいったら、ありゃしない」

「春ちゃんでも、そうだったんですか」

「ほらあ。あたしって目立つじゃない？」

ニコッとしながら若松の肩をぱちんと叩《たた》き、

「オカマって女と男の腐《くさ》ったところ、どっちも持ってるからさあ。ダブルにエグイのよ」

＊　＊　＊

若松が「寿司すずき」に入門したとき、同い年の兄弟子《あにでし》がひとりいた。

かれは高校を出てすぐに親方《おやかた》に弟子入りし、すでに十年のキャリアがあった。寿司屋は、一人前になるまでに「めしたき三年、にぎり八年」といわれるが、兄弟子はすでに親方の脇《わき》でつけ場に立って、お客さんの前で寿司も握っていた。

一方、若松は二十八歳の「小僧《こぞう》」だった。

まずは店の掃除、おしぼり洗い、お茶くみ、お運《はこ》びをし、お客さんにビールを注ぎ、お燗《かん》をつけ、お帰りのタクシーを呼ぶことから始まった。そして包丁を研《と》がせてもらえるようになり、しゃり炊《た》き、魚の下処理《したしより》もさせてもらえるようになった。

兄弟子からは「おしぼりの絞《しぼ》り方があまい。あがり（お茶）が薄い」と怒鳴《どな》られ、親方の見ていないところで、尻《しり》や向こうずねを容赦《ようしや》なく蹴《け》りつけられた。

会社を辞《や》めたことで、実の父親とは絶縁《ぜつえん》状態だった。

「すずき」で働きだしてからは、実家に電話をしても、父はぜったいに出てこなかった。もちろんこちらから、のこのこ顔を出せるわけもない。

親方である義父からも「これからは、おれを親と思うな。おまえの師匠《ししよう》だ。それを忘れるな」ときつく言われ、仕事でしくじるたびに拳骨《げんこつ》をくらった。

寿司職人の道に入ると同時に、ふたりの父親と縁を切ったようなものだった。

店の後片《あとかた》づけをして寝るのは午前零《れい》時すぎ。親方と河岸《かし》に出かけるのが午前三時半。

睡眠時間が少なく、しじゅう眠《ねむ》かった。

昼の営業が終わった真冬の午後二時過ぎ、あかぎれの痛む指で冷たい雑巾《ぞうきん》をしぼってい
ると、サラリーマン時代の能天気《のうてんき》な昼休みを思い出し、思わず太い吐息《といき》がでた。

しかし、包丁をもつのが好きだから、こけの一念《いちねん》で続けてきた。

これしか生きる道はない。帰る場所など、どこにもないのだ。

そんなこんなで、店に入って十年――。

兄弟子が独立し、三十八歳の若松もつけ場に立てるようになり、店が終わった後、深夜
まで、しゃり玉をつくる練習をした。

親方は「ほんとのしゃりじゃねえと、感覚がつかめねえ」と、余ったしゃりを使わせて
くれ、おかげで、めきめきと腕も上達していった。

ある程度しゃりの感覚をつかんだら、親方から、まずはイクラの軍艦巻《ぐんかんま》きを握らされた。

続いて、アジ、コハダ、マグロの赤身、ヒラメ……最後はイカ。

ところが、つけ台に置いたイカの握りが、ころんと転がってしまったのだ。

「馬鹿野郎《ばかやろう》っ！」

すかさず親方の平手打《ひらてう》ちが飛んできたのは、言うまでもない。

*　*　*

「でもね。海苔巻きだけは、親方から褒《ほ》められたんです」

ヘミングウェイ・モヒートのグラスを空《あ》け、カウンターにとんと置くと、若松が口を開いた。

「お母さんのかんぴょう巻き、たくさん食べてきたからじゃないっすか?」

琉平が突っこむと、うん、と若松が顔をほころばせ、

「『かんぴょうの味つけと歯ごたえがいい。きちっと巻かれているのに、しゃりがふわっとしてる』って言ってくれたんだ」

「ポークおにぎりを作るときも、ご飯《はん》が手についちゃって難しいっすもんね」と琉平。

「しゃりのポイントは手の温度だよ」

若松が確信をもった声で言う。

「手の温度?」

マスターが若松の目をみつめた。

「しゃりと手のひらの温度が同じなら、ひっつかない」

そうか……とマスターはつぶやいて、

「バーテンダーも、手の温度が高いのはよくないですよ」

とうなずく。

「氷が余分に溶けちゃいますからね」

琉平がかぶせるように言う。

「じゃあ、若松さんって手のひらの温度、あんまり変わんないタイプなんだぁ」

春ちゃんが切れ長《きなが》の目を一瞬、見開いた。

「そうですね。ありがたいことに」

「やだぁ。それって天才じゃん。やっぱ寿司屋になるように生まれてきたのねぇ」

そう言って、春ちゃんはすかさず右手を伸ばし、若松の左手をきゅっと握り、

「ほんと。ひんやりしてるわぁ」

目をまるくした。

若松は照れながら、つるりと頭をなで、

「でも、親方には『おめえのしゃりは、ちょっとばかし甘《あめ》えのが玉にきずだ』って言われていたんです」

「やっぱ、関西で育ったからじゃないっすか?」

間髪《かんはつ》を入れず、琉平が言った。

「おふくろは東京生まれだけど、長い大阪暮らしで、すっかり上方《かみがた》の味つけになってたからなあ……」

と若松はちょっとうつむき加減《かげん》になってこたえる。

「蕎麦《そば》つゆだって全然ちがいますよね。大阪は出汁《だし》のうまみがはんなり利《き》いてますから。生まれ育った土地の味って舌に染《し》みこんでますよね」

マスターが冷静にフォローした。

琉平がすかさず、でも若松さんのその感覚わかりますよ、と口を開き、

「東京の友だちとご飯を食べに行くと『琉平って、ほんと、油もん好きだよね』ってよく言われるんす。沖縄は、おにぎりにも、豚《ぶた》の脂《あぶら》で炒《いた》めた味噌《みそ》を入れますからね。ウチナーンチュにとって、脂はデージ大切。元気がなくなると『あんた、アブラがたらんさー』ってオバアがよく心配してくれました。ステーキもハンバーガーもピザもタコスも、沖縄はヤマトよりずいぶん前からフツーに食べてます。周りからは、ぼく、アブラ原理《げんり》主義《しゅぎ》者《しゃ》って言われてますよ」

ちょっと胸を張って言う。

つられて若松も笑ったが、その目は笑っていなかった。

「おれのしゃりが甘いからかなあ、ミシュランに載《の》らなくなったのは……」

カウンターに肘《ひじ》をついて、ちょっと肩を落とした。

＊　＊　＊

「寿司すずき」では、昔は酒のあてに刺し身《さしみ》を食べ、そのあと寿司を四貫《かん》くらい食べるひとが多かった。

刺身でお腹《なか》いっぱいになって、寿司までたどり着かないひともいた。

「寿司屋に来て寿司食わねえって、おかしいじゃねえか。だいたい、酒飲んだ舌で寿司の味がわかるかってんだ」

と親方はよく小言《こごと》をいったものだ。

下戸《げこ》の親方は酔っ払いが嫌いだったので、お客さんを帰らせることもたびたびだった。

そんなある日、

「酒はひとり一合《いちごう》までにしようじゃねえか。それが嫌《いや》なら、来てもらわなくてけっこうだ」

と宣言し、四品のつまみと、握り十二貫の「おまかせ」コースのみにした。

親方は客とまったく話もしない。たったったと握って、終わり。

「根っからの職人気質だったんですねえ」

若松の話を聞いていたマスターが感心して言う。

「そんなやり方で商売が成り立つのかって、ほんま、気が気やなかったですよ」

若松はちょっと渋面《じゅうめん》を作ってこたえた。

ところが、蓋《ふた》を開けてみると、かえってこの方針があたった。

「すずき」はいまどき珍しい伝統の江戸前寿司屋、と飲食《いんしょく》業界で評判になり、グルメ評論家と食べものライターがヨイショの記事をわれ先にと書きつらねた。

「きっと親方のへんくつな性格が、逆に目新《めあたら》しくて、人気を呼んだのね」

春ちゃんが相づちを打つ。

そうするうちに「寿司すずき」は連日満席がつづき、あれよあれよという間にミシュランの一つ星を獲得《かくとく》した。

都心から離れた住宅地にある寿司屋というシチュエーションも新鮮だった。

「電車やタクシーに乗ってやって来る『わざわざ感』が良かったんじゃないっすかね?」

琉平がわかったような顔で分析《ぶんせき》して、一人《ひとり》うなずく。

ミシュランに載ってから、予約の電話は鳴りやまず、半年先まで席がとれなくなった。

心臓の悪かった親方は三年前に急逝《きゅうせい》したが、しばらくはそれまでの余勢《よせい》を駆《か》って客足が途切《とぎ》れることはなかった。しかし、徐々に、櫛《くし》の歯が欠けるようにカウンターに空席が目立ちはじめ、親方の亡《な》くなった次の年にはミシュランから外《はず》れたのだった。

若松は親方の教えどおり、愚直《ぐちょく》にやり続けていたが、

「おめえのは、どっか江戸前じゃねえんだな」

と言った親方のことばが、頭の片隅《かたすみ》にずっと引っ掛かっていた。

寿司屋はカウンター商売。客とのコミュニケーションが何より大切だ。

親方は言葉《ことば》数《かず》は少なかったが、左利《ひだりき》きのひとには左手で摘まみやすいように握りを置いたり、さりげない気遣いをした。

若松も客の名前はもちろん、会社名や好みのネタも覚え、常連《じょうれん》客には名前をあしらったナプキンも用意した。

親方と違うのは、若松は流行《はや》りのジョークを言ったり、好きな矢沢永吉《やざわえいきち》のモノマネをしたりして、つねに客を笑わせながら寿司を食べてもらうことだった。

しかし……それが間違っていたんだろうか。

たしかに、寿司は真剣に食べてほしい。

でも、もっと寛《くつろ》いでもらいたい、と若松は思うのだ。

若松は、親方が客に与える言いしれぬ威《い》圧感《あっかん》が苦手だった。

あんな緊張感《きんちょうかん》のなかで寿司を食《く》ったってうまくない、と思っていた。

寿司屋をストイックなものにしたくないし、限られた人たちだけのものにしたくないのだ。

「穴子は羽田《はねだ》」「いや、対馬《つしま》だ」と知ったかぶりをする客に、つけ台に置かれた姿をためつすがめつされ、スマホで写真に撮《と》られ、乾ききってしまう——そんな寿司は可哀想《かわいそう》だ。

お銚子《ちょうし》を二、三本飲んでほろ酔い気分になり、隣《となり》の客と楽しく話しながら、好きな握りをちゃちゃっと摘《つ》まんでもらうほうが、寿司だってうれしいだろう。

近くのひとがふらりと入ってもらえる店にしたい。

太巻きやいなり寿司など、フツーにみんなが喜んでくれる寿司も出したい。

自分自身が好物のバッテラや小鯛《こだい》の雀《すずめ》寿司など、大阪の寿司も食べてもらいたい。

それが若松のホンネだった。

だが、そうは言っても、親方の築《きず》き上げた「寿司すずき」の伝統と格式を、おれが変えてしまっていいのか……。

＊　＊　＊

「ちょっとぉ。シケた顔して酒飲んでんじゃないわよぉ」

グラスをトンと置いて、春ちゃんが若松を鋭《するど》い目で睨《にら》みつけた。

「え？」

若松があわてて顔を上げる。

「自分だけが大変です、みたいな顔しちゃってさ。なに自分に酔ってんのよ。酔うなら、楽しく酒に酔いな」

春ちゃんは、本来の野太《のぶと》く低い声にもどっている。

からだの線は細いが、武道をやってきた者に共通するしなやかで強靱《きょうじん》なオーラが、放たれていた。

「は、はい……」

若松は頰を引きつらせ、愛想《あいそ》笑《わら》いを浮かべた。

「その弱っちい笑いが気にくわないのよ」

春ちゃんは言い、淡々《たんたん》とやり取りを見ていたマスターに、

「リカールの水割り、もらえる？」

マスターは黙ってうなずき、冷蔵庫で冷やしてあった薄手《うすで》の8オンスタンブラーを取り出すと、リカールのボトルから琥珀《こはく》色の液体をトクトクと入れた。

そこにキンキンに冷えた天然水《てんねんすい》を注ぐ。

と、液体はみるみるうちに白濁《はくだく》し、ミルク色になった。

マドラーで数回ステア。大きめの氷を一つ。

マスターが、びっしりと細《こま》かい水滴のついたグラスを、春ちゃんのほうに滑らせる。

春ちゃんは小指を立てて、ひとくち飲んだ。

ああ……とため息をつき、

「夏の水辺《みずべ》にぴったりのお酒よねえ。暑さが一気に吹き飛ぶわぁ」

ニコッとしてマスターと琉平を見つめたかと思うと、からだの向きを変え、きびしい顔にもどり、

「若松っ。あんた、これ飲んだこと、ないだろ？」

「は」

「だったら、飲んでみな。ちょっとは爽《さわ》やかな男になるかもな」

そう言ってマスターに目配《めくば》せする。

と、またたく間にリカールの水割りができあがった。

若松が恐るおそるグラスに口をつける。

「！」

「ほうらぁ、どうぉ？」

春ちゃんは、こんどは妖艶《ようえん》な女の目つきになって、若松を見つめる。

「あ、甘くて、に、苦くて、スキッとします。はいっ」

背すじを伸ばしてこたえた。

「でしょう?」春ちゃんが目を細めた。

「さすが、春さん。リカールをオーダーするひとって、そうそういませんよ」

と言いながら、琉平がシチリア産のグリーンオリーブと塩豆の小皿をカウンターに置いた。

「この甘苦《あまにが》さがいいのよ。地中海のイビサ島に行ったとき、フランス人の彼氏が教えてくれたのよ。最初はなんだか歯磨《はみが》き粉《こ》みたいな味で、びっくりしちゃったけどさ。慣れてくると、そこがまた、たまんないのよねえ」と春ちゃん。

「ですよねぇ」

若松がしきりにうなずいた。

「だからさぁ、そうやって相手におもねるの、もう、やめなよ。ほんとは『歯磨き粉みたいな味で、まいったな』と思ったくせに」

若松は言葉もなく、ちょっとうなだれた。

「『はい』『はい』って返事だけはいいけど、あたしの言ってる言葉の意味、ちゃーんとわかってんの？　Ｃ調に相手に合わせるのがコミュニケーションじゃないんだよ。だから、言っといたげる。『寿司すずき』なんて名前、もう、やめなよ」

「す、『寿司すずき』をやめる？」

　若松の声が裏返った。

「そうよ。『寿司わかまつ』になさい。親父《おやじ》の名前は捨てなさい」

「………」

「いっそのこと、寿司なんか取っ払って『わかまつ』だけでもいいわよ。うん。そっちの方がいいかも」

「そ、それは……」

「しゃりが甘けりゃ甘いで、あんたの得意の大阪寿司も出せばいいじゃないの。今日だって自慢の太巻きとお稲荷《いなり》さん持ってきてんでしょ。あんたは『わかまつ』なのよ。ほら、もう一度、リカール飲んでみな」

「はい」と言って若松はグラスに口をつける。

　のどを鳴らして、乳白色《にゆうはくしよく》の液体をごくごくと飲んだ。

「どう？　ふたくち目？」

「い……意外と美味《うま》いです」

素直にこたえ、おしぼりで額の汗をふく。

「飲むたびにおいしくなっていくお酒ってあるわよね。舌はどんどん大人になってくの。とくにあんたみたいな賢《かしこ》い舌はね」

そう言って、春ちゃんは冷たい水割りグラスを細い指先で愛《いと》おしそうになで、

「あたし、硬いのも好きよぅ」ウインクした。

冷蔵庫の中を何やら探していたマスターは、その手を止めて振り返り、

「リカールは『パスティス』とも言うんです。『まがいもの』って意味のフランス語『パスティーシュ』から来ています」

「まさに、あんたの寿司。親方のまがいもの」

春ちゃんが笑いながら言うと、さすがに若松はムッとした。

マスターが口を開く。

「アブサンという70度の強い酒がありましてね。詩人のヴェルレーヌやランボー、画家のロートレックやゴッホが中毒になるほどのめり込んで、やがて販売禁止。その代替品《だいたいひん》としてパスティスが作られたんです。アブサンの『まがいもの』から付いた名前です」

「しかし、まがいもので、こんなにおいしいんですから」

と琉平がマジな顔で言う。

「『まがいもの』を超えた『まがいもの』は、もう『まがいもの』じゃないんです」

マスターが若松の目を見て、静かに言う。

「でも、あんたが親方の枠《わく》の中にいるかぎり、ずっと偽物《にせもの》なのよ。客は親方のおもかげを求めて店に来て、『なんか違う』って首をひねるだけよ」と春ちゃん。

「…………」

思い当たる節《ふし》のある若松はゆっくりうなずく。

「あたしの業界は競争が激《はげ》しいわ。オリジナルなオカマにならない限り、生きてはいけないのよ。誰かさんと同じじゃ、すぐに飽《あ》きられてく。あたしは骨が細くて顔も小づくり。目もと涼《すず》しく、はっきり言って美形《びけい》でしょ？　まさにオカマになるべくして生まれてきたの。あんたの手のひらと同《おん》じよ。でもね、一番苦労したのは、自分のスタイルを作るってことよ」

春ちゃんがやさしく言ってあげる。

若松がリカールのグラスを見つめながら、

「……うちの女房《にょうぼう》も同じこと、言うんです。『あんたは父さんの亡霊《ぼうれい》に取りつかれてる。先のこともわからず会社休んで料理し続けてたころは、今よりずっと自由だった』って」

くぐもった声で打ち明けた。

「そろそろ自分の『いろ』を出してもいいんじゃない？　自称『寿司通』に好かれる優等生なんかにならなくて、いいのよ。自分に嘘ついてると、どんどん歪《ゆが》んでくるの。きっと、それが味に出てんのよ」

真剣なまなざしで言う春ちゃんのことばにマスターも耳をかたむけた。

と、琉平が何かひらめいたように、

「そうだ！　これ、みんなで食べましょうよ」

横合《よこあ》いから大きな声を出した。

すでに両手は、若松からもらった包みを再びほどきにかかっている。

「おお。そりゃあ、いい」

マスターも春ちゃんも、梅雨の去った青空のような顔になった。

＊　　＊　　＊

若松のつくった太巻きもお稲荷さんもおいしかった。

マスターも春ちゃんも琉平も、新鮮でパリッとした海苔《のり》とふわっとしたしゃりのコンビネーションに陶然《とうぜん》とし、出汁《だし》の染みこんだお揚《あ》げさんに、思わず笑《え》みをこぼした。

「おいしいもん食べると、どうして笑顔になるんでしょう」

琉平が素直《すなお》に言うと、

「ほんまやねえ」と若松も白い歯を見せてこたえた。

春ちゃんが身をくねらせて、

「やっぱ、若松クンの大阪弁、色気あっていいわぁ」

うっとりとした目つきで若松を見た。

バー・リバーサイドの大きな横長の窓からは、茜色《あかねいろ》に染まった多摩川《たまがわ》が、ゆったり湾曲《わんきょく》しているのが見える。川面《かわも》にはうっすらと夕闇《ゆうやみ》が漂いはじめていた。

マスターは水のほうを見つめ、

「かつて多摩川は暴《あば》れ川《がわ》と呼ばれ、右に左にくねっていたそうです。川も道も人も、曲がるところに物語が生まれますよ」

とつぶやいた。

若松も、春ちゃん、琉平も顎《あご》をあげて、夕空を映《うつ》す川の流れを眺めた。

朱色《しゅいろ》から紺青《こんじょう》へとグラデーションを描《えが》く空には、一番星が浮かび、水辺に舞《ま》い降りるシラサギの群れは、かたむいた光に黄金色《こがねいろ》に輝いている。

「少しくらい蛇行《だこう》したっていいじゃないですか。それが若松さんの寿司ですよ」

とマスターがカウンターのほうに向き直って言う。

「……そうですね」

「わたしたちの歳《とし》になると、人生の終着点がうっすら見えてきて、あせりが出ますよね。でも、あせると沈みますよ。尊敬する矢沢永吉のように、ブレずに自分だけの寿司を作っていくのがいいんじゃないですか。ま、これは、わたし自身にも言っているんですが……」

マスターはいったん言葉を切り、ふたたび川のほうを振り返って、横長の窓を少し開《あ》けた。

ふわっと生温《なまあたた》かい夏の風が吹き込んで、みんなの頬をやさしく撫でていく。と、ふっと潮《しお》の香りがした。

「夏になると、海からの風が多摩川を遡《さかのぼ》ってくることがあるんです」

マスターがつぶやく。

「海が呼んでるみたいやね」

若松が人なつっこい笑顔になった。

「さ、この酒を飲んで、海を思い出しましょう。わたしからです」

マスターが冷凍庫から濃い緑色のボトルを取り出してきた。

黒いラベルに古めかしいアルファベットでARDBEGと書いてある。スコットランド・

アイラ島のシングルモルト、アードベッグ。いかにも武骨《ぶこつ》な感じの瓶《びん》だ。

さっそく冷蔵庫で冷やしてあった10オンスタンブラーにクラッシュドアイスを入れ、アードベッグを注ぎ、丹念にステア。そこにウィルキンソンのソーダを静かに注いで、マドラーを1度だけゆっくり上下に動かした。

カウンターにグラスをそっと置くと、涼しげに炭酸のはぜる音が聞こえてくる。

「最近、マスター、燻製《くんせい》に凝《こ》っているんですよ」

そう言って、琉平がチェダーチーズとスパム、そして穴子《あなご》のスモークを小皿に載せてカウンターに置いた。

若松はひとくち飲むと、目をまるくした。

「ほんまや。海の香りがする……」

そう言って、自分の言葉を確かめるように再びグラスに口をつけた。

「アイラ島は、大昔、海の底だったそうです」

というマスターの言葉にうなずきながら、若松はこんがり焼かれた穴子のスモークを口に入れ、グラスをかたむけた。

そして、一瞬、目をつむり、

「クセのある者《もん》同士、ほんまによう合《お》うてる。マスターとぼくみたいや」

満面《まんめん》の笑《え》みを浮かべた。

「若松さんの原点を思い出していただければ……」

「そうやねえ。ぼく、名前も海人やもんね」

「だいいち、あつかってるのはシーフードじゃないですか」

琉平が言葉をはさんだ。

「好きだからこそ仕事は続けられます。自分の好きな方向に舵《かじ》を切りましょう」

とマスターが若松の目をみて言う。

「結果は後《あと》からついてくるもんね……船の航跡《こうせき》みたいに」

若松はつぶやくように言うと、グラスをとってグッと飲み、

「このハイボール、やっぱり、なんか特別やね」

琉平がちょっと自慢気《じまんげ》に、

「はい。当店では『シー・ウインド（海からの風）』と呼んでいます」

そのことばが聞こえたかのように、一陣の夕風《ゆうかぜ》が、さらさらとバー・リバーサイドを吹きぬけていった。

星あかりのりんご

Bar Riverside

「この香《こう》ばしさがたまらんばい」

井上孝良《いのうえたかよし》はオンザロックの泡盛《あわもり》をひとくち飲むと、手の甲で口をぬぐってニカッと笑った。

クリスタルのグラスの中で、透明《とうめい》な酒がゆらりと揺《ゆ》れている。

井上は玉川髙島屋《たまがわたかしまや》の裏で、創作手打ちうどんの店「よかばい」を営《いとな》んでいる。毎日、午前零《れい》時に起き、朝まで一人でうどんを打ち、少し仮眠をとって店を開ける。睡《すい》眠《みん》は四時間足らず。休みは日曜のみなので、一週間の仕事を終えた土曜の夕方、井上はきまってバー・リバーサイドに早々に立ち寄り、その日だけは酒を飲む。

そんな井上が今日はめずらしく遅《おそ》い時間にやってきて、グラスをかたむけていた。

「花酒《はなざけ》を飲んでから、井上さん、泡盛にはまりましたねえ」

沖縄《おきなわ》出身の琉平《りゅうへい》が涼《すず》やかな笑顔を浮かべ、井上に声をかける。生まれ育った土地の酒を好きになってもらえたのが、なんといってもうれしい。

「いやあ。もともと蒸留酒《じょうりゅうしゅ》ば好いとっちゃばってん、こん泡盛は特別に美味《うま》かぁ」

「伊是名島《いぜなじま》の『常盤《ときわ》』という泡盛です」

得意気《とくいげ》に琉平がこたえる。

「そん島は沖縄のどん辺《あた》りかいな？」

「本島の少し北側ですね。運天《うんてん》港からフェリーで一時間ほどです」

「沖縄にはえらいいっぱい泡盛蒸留所のあるとぉ？」

「四十七カ所あるそうですよ」と琉平。

ほう、と井上は目をまるくし、

「あれから琉平クンにいろんな泡盛飲ませてもろうたけど、こん『常盤』は、ウイスキーのごたぁスモーキーな香りのしよるね。わたし、ご飯のお焦《こ》げの好《す》いとっちゃばってん、それとよう似た味と香りのするっちゃ」

「もろみの焦げた香りがついてるんですよ」

なるほど、と言って井上がまたひとくち啜《すす》って、

「甘苦《あまにが》か味のたまらんちゃ」

うなずきながら言うと、マスターがやわらかい布でグラスを磨《みが》きながら、

「お酒の味の決め手は、苦みの加減《かげん》でしょうか」

遠慮《えんりょ》がちにつぶやくように言った。

小皿に載《の》った真紅《しんく》の豆腐ようを、爪楊枝《つまようじ》で少しずつこそげ落とすようにして口に運んだ井上は、ふたたび常盤をぐびりと飲《や》って、

「かすかな苦みが味の奥行《おくゆ》きば広げるっちゃね。飲みもんも食べもんも同《おんな》じや。こん豆腐ようも苦みがポイントばい。ばってん近《ちか》ごろの食べもんは、どれもこれも濃《こ》い味で甘すぎるちゃね。世の中、子どもん舌になっとうごたぁ」

「悪貨《あっか》は良貨《りょうか》を駆逐《くちく》するって言葉がありますから」

マスターがおだやかな声で応じた。

「悪貨は良貨を……？」琉平がけげんな顔をする。

「偽物《にせもの》がはびこると、本物が滅《ほろ》びる——っちゅうこったい」

と井上が教えてあげると、琉平は眉《まゆ》を開いて、

「そうかあ。やっぱ、甘さは魔物《まもの》なんですね。スイートな女の子には気をつけようっと」

あかるい声で合いの手を入れた。

「最初から甘いんはいかん。噛《か》んでるうち、飲んでるうちにだんだん甘《あも》うなるんが、ほんとの甘みやろ？　なあ、マスター」

「そうですね。甘いことばで言い寄ってくるひとって、たいていウソつきですもんね」

グラスを磨きながら、マスターがうなずく。

キンモクセイの香りがふっと漂《ただよ》った。

バー・リバーサイドの木製の扉《とびら》が開いて、爽やかな秋風とともにあらわれたのは、赤のギンガムチェックのネルシャツに穿《は》き古したジーンズ姿の藤沢《ふじさわ》あかねだ。

「こんばんは。あ、井上さんも。お久しぶりです」

清々《すがすが》しい笑《え》みを浮かべ、ぺこりとお辞儀《じぎ》すると、さらさらのショートヘアーが揺れた。日焼けした顔がよけいに歯の白さを強調する。目もとは少年のように涼《すず》しく、瞳《ひとみ》が雲ひとつない青空のように澄んでいる。

あかねは、喜多見《きたみ》の浄水場《じょうすいじょう》の近くで父のはじめた果樹園《かじゅえん》の後継《あとつ》ぎとして、毎日、土にまみれて畑仕事をこなしている。

三十代半ばだが、小柄《こがら》なからだつきもあって、どう見ても二十代にしか見えない。

「今日はね、みんなにおみやげ持ってきたんだよ」

扉の前に立ったあかねがマスターと琉平、井上をぐるりと見渡し、はずんだ声で言い、肩にかけたストローバッグを下ろし、真っ赤なくだものを次々と取りだした。

「お。穫《と》れたてのリンゴな？」井上が目尻《めじり》をさげて言う。

「うん。今年はじめての収穫《しゅうかく》なんだ」

日に焼けた頰《ほお》をリンゴのように赤らめて、あかねはうれしそうにこたえ、一個ずつカウンターの上に並べていく。

ピンライトを浴びたリンゴは、まるでステージにあがったロックスターのように華《はな》やかだ。

「まさにリンゴ・スターやね」

井上が洒落《しゃれ》をいうと、琉平が、

「さっすが、大将！」

マスターと目を見交《みか》わし、井上をおだてあげる。

「紅玉《こうぎょく》だから、ちょっと酸味《さんみ》が強くて、ジューシーなんだよね」

あかねが井上の横のスツールに腰《こし》を下ろしながら、琉平に言う。

「ぼく、酸《す》っぱいリンゴのほうが好きだから、うれしいなあ」

琉平が自分のハンカチでキュキュッと音させて磨《みが》くと、リンゴは宝石のようにきらきら輝《かがや》きだした。

「本当かどうかわからないけど、ニュートンはリンゴが落ちるのを見て、万有引力《ばんゆういんりょく》の法則を思いついたそうだし、アダムとイブが楽園から追放されたのは知恵《ちえ》の実《み》であるリンゴを食べたからだというし、ビートルズもコンピューターもアップルだし。リンゴと人間って、何か深い因縁《いんねん》があるんじゃないのかな」

　マスターがつぶやく。

「ちょうど昼間にあかねちゃんにライン送ったとこやったんよ。そろそろリンゴ穫れるかなあって。ばってん、返事、くれんかったから……」

　井上がちょっといじけて膨《ふく》れっ面《つら》をした。幼心《おさなごころ》いっぱいで寂《さび》しがり屋の井上は、感情を素直に出す。

「ごめん。ごめん。いそがしくてチェックするひまなくって」

　あかねは井上の性格を把握《はあく》しているので、かれの肩にやさしく手を置き、子どもをあやすように上手《じょうず》になだめた。

　女の子にからだを触れられて、井上はまたたく間に機嫌《きげん》をなおし、

「で、どげんな？　今年《ことし》ん出来《でき》は？」

「いまんところ、去年よりイイ感じ」

　そうこたえて、あかねは、

「今夜は一杯だけ、いただこうかな」

　とバックバーに並んだボトルをまぶしそうな目をして、ひとわたり見回した。

* * *

――あれは、三年前だったかな？

あかねがフランスから帰ってきて、はじめて店に顔を出したのは……。

マスターはふと物思《ものおも》いにふけった。

あかねを連れてきたのは井上だった。亡《な》くなった友人の娘だと紹介した。

井上のうどん屋では、食事の後にイチゴやナシなど季節のくだものをサービスしているが、それらはあかねの父がやっている果樹園から仕入れていた。

その年の春に脳こうそくで急逝《きゅうせい》した父の仕事を継ぐべく、ひとり娘のあかねはパリから東京にもどってきたのだった。

バー・リバーサイドの近く、奥二子《おくふたこ》といわれる鎌田《かまた》や宇奈根《うなね》、岡本《おかもと》や喜多見などのエリアはみどりも多く、多摩川《たまがわ》の河岸段丘《かがんだんきゅう》である国分寺《こくぶんじ》崖線《がいせん》からは清冽《せいれつ》な水が湧《わ》き出し、それが小川となって流れていたり、岡本公園や次大夫堀《じだゆうぼり》公園には古民家《こみんか》が保存されていたり、昔の世田谷《せたがや》の風情がたくさん残っている。

ブドウやナシなどのくだものやピーマン、カボチャ、根深《ねぶか》ネギなどの野菜を育てる畑もあり、藤沢果樹園はそうした農園の中でも大きなものの一つだった。

もともと、あかねの母の家はここで代々名主《なぬし》をつとめ、広い土地をもっていたが、その家にあかねの父が婿《むこ》入りしたのだった。

山形出身で農業大学を卒業したあかねの父は、それまでいろんな作物《さくもつ》をつくっていた土地に、本格的な果樹園を開いた。子どもの頃から慣れ親しんだリンゴに対する思い入れが強く、世田谷でもリンゴを育てることができるとわかり、「おらもやってみるべ」と三十年ほど前から栽培《さいばい》をはじめたのだ。

二子玉川近辺でリンゴが穫れるなんてほとんどの人は知らなかった。

三年前の秋、あかねがバー・リバーサイドに自分の果樹園のリンゴをもってきたときは、マスターも琉平もおどろいた。リンゴといえば青森や長野という冷涼《れいりょう》な気候で育つものと思っていたからだ。

あかねの父は、街なかの果樹園としてのアクセスの良さをいかして、リンゴやナシの「もぎとり体験」でそれなりの客を集め、そこそこ商売を成功させた。

しかし、あかねは土にまみれる農業を嫌い、フランス語を勉強したいと言って上智《じょうち》大学に進み、その後、語学よりもフランスの食文化に興味をもって、パリの大学に留学したのだった。

「ことし初めてのリンゴにちなんで、カルバドスはどう?」

何を飲もうかと迷っているあかねの目を見つめて、マスターが訊《き》いた。

カルバドスとはフランス生まれのリンゴのブランデーのことである。

思わず、あかねの頬がゆるみ、

「じゃ、カルバドス、シルブプレ(お願いします)」

「もちろん最初はストレートだよね」

「ウィ」あかねはちょっと気取ってうなずく。

「かしこまりました」

マスターはにこっと笑い、長く繊細《せんさい》な脚《あし》のついたスニフターグラスを取りだした。ちょっと力を入れると折れてしまいそうなほど華奢《きやしや》で美しい姿をしている。

ピンライトにグラスをかざし、曇《くも》りがないか透《す》かして確認すると、コースターの上にそのグラスをそっと置く。

バックバーでは、きれいに磨きあげられたボトルが店の照明をきらめかしている。

マスターはその中からデュポン・オル・ダージュというカルバドスを選び出した。

手書き文字でシンプルにデザインされたラベル。何の変哲《へんてつ》もない朴訥《ぼくとつ》なボトルだが、ちょっと肩の張ったシェイプをしている。

右手で持ったボトルをゆっくり傾《かたむ》け、マスターは琥珀色《こはくいろ》の液体をグラスに注《そそ》いでいく。と、リンゴの甘くせつない香りが満《み》ち潮《しお》のように広がり、カウンターの周《まわ》りはその香りに浸《ひた》されていった。

あかねはスニフターグラスをおもむろに口に近づけて、ひとくち飲んだ。

「どうしてリンゴの香りってこんなに心を落ち着かせてくれるんだろう……」

「きっと、ひとに寄り添《そ》うくだものなんだね」

マスターが静かに言う。

あかねは目を閉じ、深く息を吸って、その香りに酔《よ》いしれた。

琉平がカマンベールチーズにリンゴのスライスを添え、小皿に載《の》せてサーブする。普通のカマンベールは白い色をしているが、このチーズの周りにはびっしりとパン粉のようなものがまぶされて、きつね色をしていた。

あかねは、中心から放射状にカットされたチーズのひとかけらを口に運ぶ。

そして、お、という顔になった。

「琉平クン。なに、これ？　めっちゃおいしいんだけど」

「元パリジェンヌのあかねさんでも初めてですか」

「うん。食べたことない。カルバドスの風味がカマンベールに染《し》みわたっている。パン粉の食感もいい」

ちょっと咳《せき》ばらいをした琉平が、

「これはですね、カマンベール・オ・カルバドスといって、カマンベールをカルバドスに浸して、パン粉をまぶしてあるんです。ちょっといつものカマンベールとは違うでしょ？」

意気揚々《いきようよう》と胸を張って言う。

「あっちでカマンベールとカルバドスはよく合わせていたけど、これは知らなかったなあ」

「もちろんノルマンディー生まれですよ」と琉平。

「やっぱ、その土地の酒には、その土地の食べもんが合うんやね」

と井上が言い、わたしも同じもんば飲みたかぁ、と琉平に声をかける。

＊　　＊　　＊

「コーディネーターの仕事といまの野良《のら》仕事と……どっちがよかねえ？」

カルバドスとチーズのマリアージュを楽しんだ井上が、となりに座《すわ》るあかねに向き直って訊《き》く。

「そうだなあ……」

スニフターグラスをゆっくり回しながら、あかねは遠いまなざしになった。

東京に帰ってくる前は、パリでコーディネーターの仕事をしていた。

留学していたパリの大学では飲食文化を専攻していたが、その語学力と幅広い教養《きょうよう》が買われて、日本の出版社や広告会社からアルバイトの仕事がつぎつぎと舞《ま》い込んできた。

仕送りもたくさんあったわけではないので、あかねは何でもアルバイトを引き受けた。学生にとっては社会勉強にもなるし人脈《じんみゃく》も広がる。なんといっても、メディア関係はカッコイイ仕事だと思っていた。

雑誌の取材やコマーシャル撮影でやってきたスタッフの通訳はもちろんのこと、取材先やスタジオとの連絡や食事の手配をしたり、料理本の翻訳《ほんやく》もした。

アルバイトをやるうちに、大学院に進んで研究者になるよりも、実際にお酒と食べものに関《かか》わって、メディアを通じて表現していきたいと思い、留学期間を終えてもパリにとどまり、フリーのコーディネーターの仕事をはじめたのだった。

バブルがはじけた後の日本では、あらゆる場面で経費《けいひ》削減《さくげん》が叫ばれ、取材チームの交通費や宿泊費も大幅にカットされ、編集者などが海外取材に行くケースは極端《きょくたん》に少なくなっていた。

現地を知るあかねの存在はよりいっそう貴重なものになり、日本からの仕事のオーダーはひっきりなしに入ってきた。

好きな飲食《いんしょく》に関われるし、メディア関係者からは最新の日本の情報がもらえる。なによりギャランティーがよく、仕事も途切《とぎ》れることがない。コーディネーターの仕事は、あかねにとって想像以上においしい仕事だった。

そんなある日、航空会社の機内誌からバスクの料理と音楽をテーマに取材したいという連絡が入ったのだ。

ライターの森茂幸《もりしげゆき》が企画したもので、日本からは森がひとりでやってくるという。機内誌の編集長からは、「必要経費はあかね宛《あ》てに前払《まえばら》いするので、パリでカメラマンを探してもらいたい。あかねには編集者の役も担《にな》ってもらいたい」とメールが入った。

要するに、編集者が取材に同行せず、フリーのライターやカメラマン、コーディネーターに制作をまかせるというわけだ。あかねに仕事を丸投《まるな》げしてきたのである。

こういうことはよくあることだった。ただ、必ず取材の後《あと》でどーのこーのうるさいことを言ってくる。でも、そんなの後《あと》の祭りだもんね、とあかねは今までの経験から思っていた。

バスクはフランスとスペインにまたがる土地ということは知っていたが、調べてみると、バスク人は旧石器時代《きゅうせっきじだい》からヨーロッパに住んでいる先住民《せんじゅうみん》なのだという。言葉の仕組みもフランス語やスペイン語、英語などとはまったく違って、むしろ日本語と同じように、最後に動詞がくるという順番なのだそうだ。

古くからヨーロッパに住んでいるのにどんどん少数派になっていき、自分たちの国もなくなり、いまはフランスとスペインに組み込まれている。しかし、バスクのアイデンティティーをきっちり守っている人たちだった。

多数派に流されないバスク人の独立自尊《どくりつじそん》の精神に、あかねはとても共感した。

キューバ革命を率《ひき》いたチェ・ゲバラがバスクの血をひいていたのも、うれしかった。

＊　＊　＊

カマンベール・オ・カルバドスに添えられたリンゴを口にして、あかねは満足そうに一つうなずく。横にいる井上もさくさくと音をたてて、おいしそうに食べた。

「ぼくらもご相伴《しょうばん》にあずかります」

と琉平はナイフですばやくリンゴをくし形にカット。一切れずつ芯《しん》を取りのぞいて、皮をむき、マスターとふたりでリンゴを頬張《ほおば》る。

と、ひとくち食べたマスターの瞳《ひとみ》がきらりと光った。

さっそくジューサーを取り出すと、リンゴのフレッシュジュースを作りはじめ、あかねに向かって「そのグラス、ちょっとぼくに貸してくれるかな」と言う。

スニフターに残っていたカルバドスを10オンスタンブラーに移しかえると、氷をタンブラーの大きさにきれいに削《けず》って入れ、新鮮なリンゴジュースで満たす。

そして軽く、ステア。

あかねの前にそのタンブラーを滑《すべ》らせ、目顔《めがお》で「どうぞ」とすすめた。

あかねはさっそく香りをきいて、ひとくち飲み、陶然《とうぜん》とした表情を浮かべた。

「リンゴのジュースとブランデーの共演だね。こんな飲み方、はじめて! なんだか今日一日の疲れがすっかり取れそう」

「いわば、おばあちゃんと可愛《かわい》い孫のコラボレーションかな」

とマスターが微笑《ほほえ》みながらこたえる。

「おばあちゃんと孫……?」

「ほら。いま、あかねちゃんが造《つく》ろうとしているリンゴのお酒。あれは、いわばリンゴが発酵《はっこう》して大人《おとな》になったようなもんだろ」

この秋。まさにこれから、あかねは自分の果樹園でとれたリンゴを発酵させ、シードルというお酒を造ろうとしているところなのだ。マスターも井上も、あかねの新しい挑戦を応援しようと、シードル・ワイナリー設立のためにそれなりの資金を出していた。

マスターは続けた。

「リンゴが発酵して大人になるとシードルになる。そのシードルが蒸留《じょうりゅう》熟成《じゅくせい》されるとカルバドスというおばあちゃんになる」

琉平が、

「でも、どうしてカルバドスはおばあさんになっちゃうのかな？　おじいちゃんじゃなくて」

と少し首をひねる。

「そりゃ、リンゴはあの美しい色といい形といい、どうみても女やもん」

井上が納得した顔で、大きくうなずいた。

マスターがあかねの目を真剣に見つめて、

「これくらいのリンゴの甘みと酸味なら、シードル造りは大丈夫そう？」

「うん。山形で修業《しゅぎょう》したときのリンゴと遜色《そんしょく》ないと思う。ただ、もう少し後で収穫する『ふじ』の質にもよるけどね……」

「くだものも酒も生きもんやからね。気候や造り手によってどげんなるか、わからんけん。うどんも同《おんな》じばい」

あかねがリンゴに強く惹《ひ》かれたのは、機内誌の取材でバスクの山あいの村を訪ねたときのことだった。

＊　＊　＊

取材の企画をたてたライターの森茂幸は、ワールドミュージックに造詣《ぞうけい》が深く、バスクのチャラパルタという打楽器の音色《ねいろ》に魅《み》せられ、ぜひ現地でその音を聴きたいと思ったそうだ。

森とカメラマンとあかねの三人がバスクを訪ねたときも、いまと同じ秋だった。

雲ひとつない空は吸い込まれそうなほど青く、爽やかな風が吹くと、樹々の梢《こずえ》が葉裏《はうら》をつぎつぎと白くひるがえしていった。

ゆるやかにアップダウンを繰り返す丘をこえ、小さな谷をいくつも通り過ぎた。

そして、たどりついた村には一面にリンゴの林が広がり、風が葉むらを騒《さわ》がしていた。

林の脇《わき》の窪地《くぼち》には小川がさらさら流れ、陽《ひ》の光にきらめいている。

リンゴの樹《き》にはたくさんの赤い実が、枝もたわわに実《みの》っていた。

林の中に入ると、からだがすっぽりと甘酸《あまず》っぱい香りに包まれ、思わず眠《ねむ》くなりそうになる。

奥にはふたり、バスクの青年がやわらかい笑《え》みを浮かべて立っていた。かれらがチャラパルタを演奏してくれるのだという。

まっすぐな目をした素朴《そぼく》な佇《たたず》まいのふたりを見て、まるでリンゴの妖精《ようせい》がそこに舞い降りたように、あかねは思った。なんだか童話の世界に入ったみたい……。

初めて見るチャラパルタは、じつにシンプルな楽器だった。

ふたりが向かい合って立ち、それぞれ両手に棒《ぼう》をもって、板きれを打つ——ただ、それだけの単純な演奏方法である。

板きれは幅10センチ、長さ120センチほど。それらが腰より少し低い高さに差し渡され、その板きれをスリコギのような棒で叩《たた》くのだ。

木と木がぶつかって生まれるポコポコという音は牧歌的《ぼっかてき》でやわらかく、円《まる》みを帯びてほんわかしている。

リンゴの香りと相俟《あいま》って、なんだか羊水《ようすい》の中にいるような安心感をおぼえ、あかねはますます眠くなってきた。

頃合《ころあ》いを見はからって、ふたりの若者がチャラパルタを演奏しはじめた。

コケタ・コケタ・キリコケタ、コケタ・コケタ・キリコケタ——。

たたきだされる音はそんなふうに聞こえる。

しかも、単なるパーカッションではなく、微妙に音階《おんかい》があって、ちゃんとメロディーになっているのだ。

ライターの森が青年のひとりに、この楽器はどうして生まれたのかと訊《たず》ねると、

「『大きな音』をバスク語では『サラパルタ』というんです。チャラパルタはそこから転《てん》じた言葉です。むかし、リンゴのお酒（シードル）をつくるために、リンゴを棒で突《つ》いて潰《つぶ》したんですが、こんなふうに二人でポコポコやっていました。シードルができたことを村人《むらびと》に知らせるときも、ポコポコ大きな音で知らせたんですよ」

とこたえたのだった。

その後、あかねたちは村の小さな醸造場《じょうぞう》に行き、シードルとともに一人前500グラムはあろうかという厚さ2センチのステーキをごちそうになった。

巨大なフィレ肉に塩胡椒《しおこしょう》をふり、網《あみ》で焼いただけのシンプルなものだったが、それまで食べたステーキとは比べものにならないおいしさだった。

レアで焼かれた肉をひと嚙《か》みすると、爽やかな血の味の肉汁《にくじゅう》が口いっぱいに広がった。ほのかに甘みがあって、上質なバターのような香りがした。

そして、シードルをひとくち――。

と、舌がすっきり洗われ、その脇がキュッと締められて、ますます食欲が湧《わ》いてきた。

バスクのシードルは、フランスのものよりずっと酸味と苦みが強い。分厚《ぶあつ》い肉のかたまりとのマリアージュは赤ワイン以上だった。

ふたくち目のシードルを飲むと、今度は、コケタ・コケタ・キリコケタというチャラパルタの音が耳の奥のほうで響《ひび》きだし、なんとも言えぬ幸せな気分になっていった。

渓流《けいりゅう》の温泉に浸《つ》かっているようなこの幸福感は、いったいなんだろう?

あかねはふっと思った。

色のない、くすんだパリの街とはまったく対照的《たいしょうてき》だ。

澄みきった青空、香り高いリンゴ林、心地よい小川のせせらぎ、やわらかく胸に染《し》みこむチャラパルタの音――。

皮肉《ひにく》や冷笑《れいしょう》、口先だけの会話とはまるで無縁《むえん》だった。

外見《がいけん》を気にするくせに、シャワーもろくに浴びず、トイレに行っても手を洗わず、指先の破れた靴下を平気ではく同居人のフランス男にはちょっと辟易《へきえき》していた。

何かといえば不平不満ばかり言い、ナチュラル志向を唱《とな》えつつ農作業を小馬鹿《こばか》にする。どこか上《うわ》っ面《つら》なパリジャンへの永年《ながねん》の嫌悪《けんお》がそこに重なった。

わたし、何かたいせつなものを見失いかけてるのかもしれない……。

と、そのとき、リンゴ林を吹き抜ける風が土と水の香りを運んできて、あかねの胸に、多摩川沿いの果樹園の姿がふっと浮かんできたのだった。

＊　＊　＊

あかねはカルバドスのリンゴジュース割りをひとくち舐《な》めるように飲むと、ふたたび口を開いた。

「父が亡《な》くなり、あわてて日本に帰ってきてドタバタが続いたんだけど、しばらくすると、不動産屋が果樹園の土地を売ってマンションを建てないかって、毎日のように言ってきてさぁ」

「二子《ふたこ》玉川《たまがわ》もどんどん畑が宅地《たくち》になってしもうて……。街《まち》ん中《なか》の桜の樹も切られて、年ごとに緑が少《すく》のうなっとる」

と井上が嘆《なげ》いた。

「母は、果樹園をやっていても手間《て》暇《ひま》ばかりかかるし、どうせわたしはパリから帰ってこないんだから土地を売った方がいいんじゃないかって。『パパが亡くなった後、いったいだれが果樹園やってくの』ってあらためて言われて」

「お母さんはいままで果樹園にはタッチしてこなかったの？」

マスターが訊《き》くと、あかねは、ぜんぜん、といって寂《さび》しそうに首を振った。

「母は子どもの頃からお手伝いさんがいる家で育った、純粋培養《じゅんすいばいよう》のお嬢《じょう》さんなの。結婚してからもずっと『奥さま』として暮らしてきたから。今だって、くだもの栽培や商売のことは一切《いっさい》わからないままだよ。六十代の半ばを過ぎてから、ますます保守的《ほしゅてき》になってね。だから、『もう農業はたくさん。はやく土地を売って楽《らく》して暮らしましょうよ』って考えだったんだ」

「……」

「……」

マスターも琉平もちょっと眉を曇《くも》らせて聞いている。

「ま、わからんでもなかばってん……」

と言って、井上はカルバドスをぐっと飲みほした。

父の四十九日《しじゅうくにち》を終えるまで、あかねはパリに帰るかどうか、迷っていた。わたしがいないと、母は先祖伝来《せんぞでんらい》の大切な土地をあっさりと安い値段で売ってしまうかもしれない。

果樹園を続けるべきか、マンションにするべきか——。

たしかに土地を売ってしまった方が、相続税《そうぞくぜい》の問題もクリアできるのかもしれない。

でも……。

父が額《ひたい》に汗して黙々《もくもく》と耕《たがや》してきた畑を、やすやすと他人に渡してしまっていいのか。

父はくだものの中でも、とくにリンゴを愛していた。仏壇《ぶつだん》に飾《かざ》られた父の写真を見ていると、収穫したてのリンゴにかぶりつく父のうれしそうな顔が浮かんできた。無口で普段あまり感情を面《おもて》に出さない父だったが、ことリンゴに関しては違っていた。

故郷の山形とリンゴは分かちがたく結びついていたのかもしれない。

あかねの好きなくだものは、少女のころから今にいたるまで、リンゴだ。なかでも父のつくったリンゴは別格だった。

バスクを訪ねて以来、あかねは土と水と光のある土地に、自分の生まれ育った二子玉川にもどりたいと心の片隅《かたすみ》で思っていた。

三十代も半ばを過ぎ、ひんやりとしたパリの人間関係に疲れはて、少しでも土と関《かか》われる温《ぬく》もりのあるコミュニケーションをもちたかったのだ。

これから、わたし、どうしていけばいいんだろう？

親身《しんみ》になって相談にのってくれる人もなく、ひとり悶々《もんもん》と悩んでいるときに、ふとあかねの頭の中をよぎった風景があった。

そういえば、パリ市内のモンマルトルにも葡萄園《ぶどうえん》があった。あそこでワインも造っていたっけ。

同じようなこと、東京でもできないのかな……。

ふいに一条《いちじょう》の光が射《さ》しこんだように、あかねの顔があかるくなった。

せっかく二子玉川でリンゴを栽培しているんだから、シードルだって造れるんじゃないのかな？

＊　　＊　　＊

出版社の伝手《つて》をたどったり、インターネットで検索《けんさく》したりして、日本のシードル造りについて調べはじめると、思わぬ情報が飛び込んできた。

かつて雑誌の仕事でブルゴーニュに行った際《さい》、ワイン醸造の修業をしていた佐藤月子《さとうつきこ》という女性と知り合ったのだが、なんと彼女が山形・上山《かみのやま》でシードルを造っているそうなのだ。

日本に戻っていたんだ……。

月子はすぐれた技術と洞察力《どうさつりょく》をもつ職人だった。そして、土とともにたくましく生きる農民でもあった。そんな根っこのすわった彼女のたたずまいに、あかねはひそかに尊敬の念をもっていた。

月子はあかねの父と同じ山形出身で、いまは上山ワイナリーの社長兼ワインメーカーとして、県産ブドウにこだわったワイン造りをしながら、シードルも造っているのだという。

創業者である月子の父親はワイン造りに精魂《せいこん》をかたむけた人だった。

一本一本ていねいな手造りにこだわり、ブルゴーニュ・ワインを理想とし、畑の土をすべてブルゴーニュと同じ組成《そせい》に替《か》えたほどの男だった。月子もその血を受け継ぎ、熱い気持ちでワイン造りをやっていた。

奇《く》しくも月子の父親も五年前に急逝《きゅうせい》し、いきなり彼女がワイナリーの後継者になったそうだ。どこか、あかねと境遇《きょうぐう》も似ていた。

月子さんなら、いろいろ相談に乗ってくれるかもしれない。

わたしのシードル造りを実現するには、月子さんのもとで働かせてもらい、醸造のノウハウを教えてもらうのがベストなんじゃないか。

あかねは意《い》を決《けっ》して、上山ワイナリーに連絡をとることにした。

「結局、2シーズン、シードル造りを勉強したんだっけ?」

とマスターが訊いて、チェイサーの冷えたペリエをグラスに注ぎ、あかねの前にそっと置いた。あかねは普通のミネラルウォーターよりペリエが好きなのだ。

「月子さんのところはワイン造りが中心だから、まず葡萄の仕込みを終えてから、シードル造りに入る。わたしの果樹園も収穫を終えた時期だから、ちょうどタイミングが良かったんだ」

そう言うと、あかねはグイッと炭酸水を飲んだ。

「たった2シーズンだけで、大事なノウハウってつかめるんすか？」

琉平がからだを斜《なな》めにして、鋭《するど》い質問をはなった。

あかねはちょっと目を泳がせ、

「うーん……正直いって、まだつかめていないかも……とにかく、あとひと月たったら去年仕込んだ初めてのシードルが飲めるようになるんだけどね」

「じゃ、も少し待てば、いいっすね」

琉平が念を押すと、あかねがこくりとうなずいた。

井上が、あかねの飲んでいるペリエを指さし、

「あかねちゃんの飲んでるあれで、カルバドス割っちゃらんね？」

と琉平にオーダーして、ひと呼吸おき、

「人の下で造るんと、自分がリーダーシップとって造るんでは大違いやろ？　何ちゅうて

も、肩に掛かる責任の重さのちがおうがぁ。シードルも生きもんやけん」

井上がやさしく言うと、あかねがホッとした表情になって、

「だから、とっても怖《こわ》い……」

「でも、月子さんにしっかり教えてもらったんだろ？」とマスター。

「うん、ものすごく」

そう言って、あかねは再びペリエをごくりと飲んで、続けた。

「つねに五感を研《と》ぎすましなさい、とにかく目をしっかり見開き、耳をピンと立て、注意深く観察しなさいって言われたよ。まずは、そこからだって」

「どんなことを観察するの？」マスターが訊《き》く。

「シードルって、リンゴを砕《くだ》いたジュースを発酵《はっこう》させるんだけど、そのときがいちばん神経使うんだよね。

発酵して出てくる泡の状態ってほんと微妙だから、漫然《まんぜん》と見てるだけじゃわかんない。泡が少ないときは酸素《さんそ》が足りないってサイン。だから、そんなときは長い棒でタンクの中をゆっくり攪拌《かくはん》してあげる。

もし、ちょっとでもミルキーな香りがしたら、発酵しすぎで炭酸ガスが強く出てるのかなって疑ったり――そうやって感覚を磨《みが》いてないとわかんないことだらけ。もちろん計器《けいき》

を使えばわかるんだけど、じつは自分の感覚の方がずっと早いんだよ」

そうたい、と井上がカルバドス&ペリエでのどを湿《しめ》らせ、大きくうなずき、

「人間の感覚はすごいっちゃね。うどん作るときの塩や水の加減《かげん》も、その日の気温と湿度によって、自分の感覚で決めるばい。メーターよりずっと精確《せいかく》っちゃ」

「ぼくはメジャーカップ使うんで、『早くからだで覚えろ』っていつもマスターに叱《しか》られてます」

琉平が頭をかいて恥《は》ずかしそうに言うと、それを受けたマスターが、

「数字は目に見えるから安心できる。でも、厳密に言うと、そのデータはある一瞬《いっしゅん》を切り取っただけのものなんだよ。

すべての物事《ものごと》はつねに動いている。状況は変化し続けているんだ。その変化を知るには鋭敏《えいびん》な感覚の方がずっと優《すぐ》れている。

たとえば、朝日と夕日の光が数字の上では同じ明るさだとしても、朝日はどんどん明るくなっていくし、夕日は暗くなっていく。感覚的にはあきらかに明るさが違う。

大事なのは、刻々《こくこく》と変化する動きの中で、物事をとらえていくことなんじゃないかな」

もともと大学の工学部で助手をしていたマスターの言葉に、みんな、なるほどとうなずいた。

そういえば、とあかねが口を開き、

「夜中《よなか》に一人でタンクをチェックしていたときなんだけどね。リンゴのジュースが発酵してプクッ、プクッて泡が立つ音が聞こえたの。そのとき初めて、酵母《こうぼ》って生きものなんだって実感した。目には見えないけど、確かに生きてるって。初めて酵母に愛を感じた瞬間《しゅんかん》よ。わたし、食文化研究者とかいって、お酒や食べもののこと、訳《わけ》知り顔で論文に書いてきたけど、とっても恥ずかしくなっちゃった。リアルに体験もせず、文献《ぶんけん》や資料を読んでわかった気になってたんだって……」

視線を落として言った。

「いやあ、作らんとわからんちゅうあんたの言葉、同感やねぇ。実際に自分が作りもせんと、ブログとかで、うどんばどーのこーの言う奴《やつ》がおるっちゃ。ああいうのは、ほんなこと腹の立つやねぇ。アマチュアのくせして、いっぱしの評論家面《づら》したがる。いや、評論家が悪いんやない。評論家は自分の腕《うで》一本でお金もろうてるプロや。ばってん、ネットで、どーのこーの言うとる奴らはいっつも『評論家ごっこ』たい」

「そういうひとって自分は安全な場所にいて、実際にものを作る人間に対して、上から目線で言いたいんじゃないっすか？ プロよりおれの方が知ってるぞって。それって嫉妬《しっと》ですよ」

と琉平も鼻の穴を広げた。

「お、珍《めずら》しかね。琉平クンがカッとなっとぉ」

「そりゃ怒りますよ。食べログに、バー・リバーサイドの若い方のバーテンダーの態度がでかいとか、氷の削《けず》り方が雑だとか、バーボンのブランド名を知らないとかいろいろ書かれてるんです。頭きちゃいますよ。陰《かげ》でぐじぐじ言うなら、面と向かって言ってほしいですよね。ぼくも勉強になるから、プロとしてちゃんと冷静に聞きますよ」

「アマチュアがプロの真似《まね》するんがおかしかね。うどんば好《す》いとぉはよかばってん、こっちは『好き』を貫《つらぬ》き通して命懸《いのちが》けでうどんば作っとるとよ。それで、お客さんからお金ばもろうとるったい。それがプロっちゅうもんたい」

井上がカルバドス&ペリエをぐっと飲んだ。

琉平と井上の話を聞いていたあかねが、くぐもった声で、

「わたしもプロに嫉妬するアマチュアだったと思う。『地域の食文化を大切に』とか『人間は土に根ざすべきだ』なんて、わかったような論文を書いてきたけど、自分の手やからだを動かさずに、口先でものを言っていた。同居していたパリジャンの男が嫌いになったのも、どこか自分と似ていたからだと思う。きっと、自分の影を映《うつ》してたんだね。ずるい自分がずっと嫌《いや》だったんだよね。だから、父が亡くなって、ここに帰ってきたとき、実際

に土にまみれて自分を少しでも変えたいって思った。私の人生を変えられる最後のチャンスかもしれないって」

そう言って、グラスに残っていたペリエを一気に飲みほした。

＊　＊　＊

そうして、ちょうど月が一巡《ひとめぐ》りした十月三十一日、新月《しんげつ》の夜――。

ひんやりとした空気のなか、星々《ほしぼし》は音もなくまたたき、東から西にかけて天《あま》の川《がわ》が渡っていた。

約束どおり、あかねは藤沢果樹園の小さな醸造所《じょうぞうしょ》で造ったシードルをキャリー付きのクーラーボックスに入れ、それを引っ張りながらバー・リバーサイドへと向かっている。

あかねの歩く多摩川沿いの土手の道は、ほのかな星あかりに白っぽくのびていた。

足もとは闇《やみ》におぼろに溶けている。

夜空を見上げると、いつもより星がずっと近くにあるような気がした。

胸いっぱいに夜気《やき》を吸い込むと、湿《しめ》った土と水のにおいがする。

ときおり風が立つと、岸辺の葦原《あしわら》がざわめき、すすきの穂《ほ》がかすかに銀色に光った。

仲秋《ちゅうしゅう》から晩秋《ばんしゅう》へとゆっくりと熟していく、しんとした秋の夜。新しいお酒をもって、自分を待つ人たちのいる店に向かうのはほんとうに幸せだ、とあかねは思った。

月子からは基礎《きそ》から手取《てと》り足取《あしと》り教えてもらったうえに、山形のリンゴ農家まで紹介してもらい、たりないリンゴを送ってもらった。

山形の農家の人たち、藤沢果樹園の人たち、山形からリンゴを運んできてくれたトラックの運転手、醸造所を立ち上げるときに資金などを援助してくれたマスター、井上、森、春ちゃん、周《しゅう》先生、琉平、最後には酒造りに理解を示してくれた母、そして何より、リンゴをかじる父の笑顔——何億個という酵母《こうぼ》が黙々と働いて発酵がすすむように、みんなの力添《ちからぞ》えがなければ、いま手に持ったこのシードルたちがこの世に生まれることはなかったのだ。

人の世の縁という不思議なつながりを思うと、あかねの胸は熱くなった。

川堤《かわづつみ》の横に広がる駒沢《こまざわ》大学のグラウンドも、この時間は照明灯《しょうめいとう》のあかりも消え、夜の底に静かに沈《しず》んでいる。

さやかな星影の下《もと》、川の堤を歩きながら、わたしのシードルがみんなに受け入れてもらえますようにと祈りつつ、あかねはバー・リバーサイドへと向かった。

「おう。できたとお？」

あかねが扉《とびら》を開けて入ってくると、井上がうれしそうな声をあげた。

ウイークデイだが、今日は特別な夜だ。

毎日、午前零時には起きねばならない井上は、睡眠時間をけずって、あかねを待ちわびていた。

「やあ、久しぶり」

あかねの人生を変えたバスクの旅をともにした森が、にこやかに振り向いて手をあげる。

ライターの森は取材のスケジュールを変更して、あかねのシードルを味わいにやってきた。

「こんばんは。いらっしゃい」

琉平が心なしか硬い声で言い、緊張《きんちょう》した面《おも》もちで、カウンターの中から頭を下げた。

マスターはいつものように柔らかい笑顔でうなずく。

あかねはカウンターの上に、よく冷えたシードルのボトルを4本、赤ちゃんを扱《あつか》うように細心《さいしん》の注意を払って、静かに置いた。

グリーンのボトルがピンライトを浴びて、陽《ひ》の光を透かした若葉のように、爽やかな色になる。ボトルの表面には、霧《きり》のようにきめ細かい水滴《すいてき》がびっしりとついている。

琉平が思わずのどをごくんと鳴らし、

「飲むのが楽しみですね」

かわいた声でいう。

ベージュのシンプルなラベルには山形の和紙が使われ、読みやすい手書き文字で、「ニコタマ・シードル　nikotama cider」と日本語と英語で印刷されていた。ていねいな手づくり感が、ラベルからも伝わってくる。

なんといっても目をひくのは、ラベルに描《か》かれた二個の真っ赤なリンゴのイラストだ。

「赤い玉のようなリンゴが二個って、これ、ニコタマに引っ掛けとんかい？」

井上が顔をほころばせて訊《き》く。

えへへ。あかねは恥ずかしそうに笑い、「さすが、井上さん」とこたえる。

カウンターの向こうとこちらで、マスターと琉平、森がボトルを手にとって、その外観《がいかん》をしばらく子細《しさい》に観察した。

「みなさん、忌憚《きたん》ない意見をおっしゃってくださいね」

とあかねが言うと、そのことばを受けて、マスターが、

「じゃあ、さっそく飲んでみようか」

音頭《おんど》をとって、開栓《かいせん》の儀式にうつった。

よく冷やされたシードルを、マスターと琉平が手分けして、薄いガラスで作られた華奢《きゃしゃ》

な6オンスタンブラーに注《そそ》いでいく。

液体の色はビールの麦わら色を薄くしたような、あたたかみのある淡黄色《たんこうしょく》だ。

プチプチと小気味《こきみ》良い音をたてて弾《はじ》けながら、グラスの上の方にふんわりときめ細かい泡が立っていく。

マスターと琉平の分も含め全員のグラスに注ぎおえて、いざ、乾杯――。

何度もテイスティングして熟知《じゅくち》したシードルの味わいを、みんながどう評価するのか、あかねはどきどきしながらグラスに口をつけた。

しばしの沈黙《ちんもく》のあと、シードルをグイグイと三口《みくち》で飲みほした井上がやおら声を発した。

「こげぇな酒、いままで飲んだこつのなかったちゃ」

あかねは心臓が止まりそうになった。

いままで飲んだことのないくらいいって……？

しかし、井上の口角《こうかく》はいくぶん上がっているように見える。

おそるおそる他《ほか》の三人の顔を見回す。

と、三人とも言葉をさがすような表情を浮かべている……。

あかねの額と脇《わき》には、うっすらと汗がにじんできた。

井上が場の空気を読み、みんなに誤解を与えてはいけないと思ったのか、

「すっきりして美味《うま》いんよ。ほんなこと、うまかっちゃん。わたし、シードルっちゅう酒を飲んだことなかったけん、ちょっと初体験でたまげたったい」

と急いで言葉をつないだ。

琉平がグラスを置いて、ひとつうなずくと、

「この甘酸っぱさがいい。日本の大手メーカーのより、ずっとおいしいっす。ガス圧《あつ》もきつくなく、弱くもなく、ちょうどいい。自然な酸味《さんみ》と甘みがヘルシーでいい感じっす。ポリフェノールもいっぱい入ってるから、きっと女性に受けますよ」

「オールナチュラルだから……」

と、あかねはちょっとホッとした顔になって言ったが、まだ眉間《みけん》には皺《しわ》が残っている。

つづいて口を開いたのは森である。

「バスクのシードルとそっくりだね。秋の空とぴったりな味だよ。すこんと抜けた爽やかさが、ぼくは好きだな。チャラパルタの音を思い出すよ」

満足げな口調《くちょう》で言う。

あかねの表情がいくぶん緩《ゆる》んだが、一番気になるひとの意見がまだだった。

マスターはシードルをゆっくり味わいながら飲みほすと、

「何といっても、苦みがいい。甘酸っぱいだけじゃなくて、苦みがちゃんときいている。甘酸苦《かんさんく》のバランスがいい」

「そうや。いつかマスターに言われたたい。泡盛の常盤《ときわ》が美味《うま》いんも、苦みのおかげやと」

井上は、我が意を得《え》たりと満面の笑みを浮かべる。

マスターは続けた。

「リンゴは皮《かわ》も種《たね》も入っているのかな?」

「はい。ぜんぶ入ってます。その方が味が深くなるって月子さんから教えてもらったんです」

あかねがやっと白い歯を見せた。

「皮と種が苦みを生んでるね。焼き鮭《じゃけ》もそうだけど、皮と身のちょっとした間がおいしいよね」

「わたしの好きな『あいだ』ってやつやね」と井上。

「『あいだ』は愛だ……なーんちゃって」

琉平がつまらない洒落《しゃれ》を言ってカウンターを離れ、

「やっぱ、シードルにはこれしかないっしょう」

と楊枝《ようじ》のささった一口サイズのおつまみを、大皿にどーんと盛ったものをサーブした。

井上がよだれを垂《た》らしそうな顔になって、

「こりゃ美味そうや。焼き鳥ん親戚《しんせき》のごたぁけど、こりゃいったい何《なん》なぁ？」

「ピンチョスというバスク名物のおつまみです。あっちのバルではそれぞれ工夫をこらしたピンチョスを作ってるんですよ」

あかねがうれしそうにこたえた。

「ピンチョス？　へんな名前やねえ」

「串《くし》って意味です」

「たしかに楊枝で串刺しにしとるもんね」

井上が言って、タコのマリネのピンチョスをつまみ上げ、ひょいと口に持っていった。

カタクチイワシの酢漬《すづ》け、グリーン・オリーブ、ムール貝とピクルスとマグロ、小ヤリイカのフライなど、琉平が腕によりをかけて作ったたくさんのピンチョスが大皿に載《の》っている。

「博多も串ものが美味《うま》かけん。ピンチョスはなんや親しみの湧《わ》くっちゃね。シードルにもよう合《お》うとるばい」

井上はあっという間に三串たいらげた。

森はオリーブのピンチョスを食べながら、

「このレベルなら、ニコタマ・シードルは初年度《しょねんど》としては合格だよ」

マスターはあかねの目を見つめて、シードルのグラスを上げ、

「何かを始めるには、新月《しんげつ》の日は絶好のとき。今日、はじめてのシードルを開栓できたのも、きっと星のめぐり合わせだよ」

と微笑《ほほえ》んで続けた。

「でもね、月に満《み》ち欠《か》けがあるように、商売も良かったり悪かったり、山あり谷ありなんだ。ぼくもこの仕事をはじめて、そのことがようくわかった。

大事なことは『続ける』こと。何があっても、どんなに苦しくても続けること。倒《たお》れるなら、前向きに倒れるんだ。その気持ちさえあれば、周《まわ》りの人は必ず応援してくれる」

あかねの胸にマスターの言葉が、清冽《せいれつ》な水のようにすーっと染《し》みとおった。

「今年はなんとか満足してもらえるシードルができたけど、来年は大丈夫かな……リンゴの出来《でき》も去年の方がよかったし……」

あかねはマスターの前で、つい弱音《よわね》を吐いた。

うんにゃ、と井上が首を振り、

「食べもんは生きもんやけん、しょんなかっちゃ」

琉平にシードルを注いでもらいながら、立ち上る白い泡を見つめて言う。

マスターは思慮深《しりよぶか》い顔になって、さきほどの言葉を継《つ》いだ。

「先のことはわかんないよ。だって、宇宙はほとんど闇《やみ》でできている。目に見えるものなんて、ほんの一握《ひとにぎ》りだよ。酵母だって目には見えないだろ？　でも、大昔からその『はたらき』はわかっていた。

昼間の星は目には見えない。新月《しんげつ》だって見えないよね。でも、星も月もちゃんと存在している。新月のときは大潮《おおしお》になる。闇の力のときなんだ。

自分がやれることをすべてやったなら、あとは偉大な闇の力にお任《まか》せするんだよ」

「やることをやってから、おまかせするのが肝心《かんじん》なんですよね」

琉平が腕組みして、ひとりでうなずく。

そういえば、と森が口を開いた。

「チャラパルタを演奏したバスクの青年は、芭蕉《ばしよう》の俳句《はいく》が好きだと言ってましたよ」

「芭蕉なんて、よう知っとうね」

と井上が応《おう》じ、みんなも同じように驚いた。

森がつづける。

「チャラパルタは音の数《かず》を多くできないんです。だから、ポコッ、ポコッと鳴らす音と音のあいだが一番たいせつで、その間《ま》のニュアンスで表現しているんだと」

「音と音のあいだ……静寂《せいじゃく》ってこと？」

とあかねが訊《き》くと、森が、

「俳句は十七文字しか使えない。だから言葉にしない部分が大事。それと同じように、チャラパルタも音にならない音を聴いてもらうんだそうです」

「チャラパルタも俳句も、静寂という闇にお任せするんですね」

とあかねが深くうなずく。

寡黙《かもく》だった父も、きっと闇をたいせつにしていたんだ……。

ちょっと晴れやかな顔になった。

「ひとも宇宙も闇から生まれ、闇にかえっていくんだね」

そう言って、マスターはシードルのグラスをほし、バー・リバーサイドの大きな窓から河原を眺める。

と、漆黒《しっこく》の夜の底に、星あかりに光る一本のリンゴの樹《き》が見えた。

行《こう》雲《うん》流《りゅう》氷《ひょう》

Bar Riverside

「あがっ」

琉平《りゅうへい》がかすかな叫び声をあげた。

「どうした？」

マスターの川原草太《かわはらそうた》が心配そうな顔をして、カウンターの左隣《ひだりどなり》に立つ琉平のほうに視線をやった。

琉平はオン・ザ・ロック用の氷を包丁できれいに削《けず》っているところだった。

とっさに左の指先を右手で押さえたが、琉平の指のあいだからは血が染《し》みだしている。

マスターはカウンターの下から消毒用エタノールのスプレーと脱脂綿《だっしめん》を取り出し、

「ほれ。見せてみろ」

琉平の左手を開かせ、脱脂綿で血をぬぐい、人さし指にシュッとアルコールの霧《きり》を吹きつけ、

「あとは、これで傷をおさえろ」

アロンアルファを差しだした。

「え？　これ……？」さすがの琉平もうろたえた。

「そうだ。それで傷を閉じろ。寿司屋《すしや》の若松《わかまつ》さんがやってたんだ。緊急《きんきゅう》のときはこれが一番だ」

マスターにはめずらしく、有無《うむ》を言わさぬ調子で言う。あと二時間もすれば、店を開かねばならない。

「わ、わかりました」

半信半疑《はんしんはんぎ》の様子で、琉平は顔をしかめながら指にアロンアルファを塗《ぬ》る。

「だまされたと思え。しばらくそのままにしとけよ」

マスターが厳しく命じる。

冬場は夕日が早く沈《しず》む。

バー・リバーサイドの大きな窓から見える夕暮れの景色をさかなに一杯《いっぱい》やりたい客は、午後五時過ぎにはすでにスツールに座っている。

この店では、夏より冬のほうがずっと客の出足《であし》が早いのだ。

最初の客が来るまでにボトルやグラス、真鍮《しんちゅう》のバーをぴかぴかに磨《みが》きあげ、床にも塵《ちり》一つ残さず掃除し、きりっと透《す》きとおった氷を用意しなければならない。

しばらくたって、琉平は左手の人さし指を穴があくほど見つめながら、顔をほころばせ、

「マスター。すっごいっす。大丈夫っすよ」

それでなくても大きな目を、ひときわ見張《みは》って言う。

「だろ?」と言って、マスターはにんまりし、

「今日は、氷はおれにまかせとけ」と胸をたたいた。

琉平は深々《ふかぶか》と頭をさげ、

「ほんとうにすんません。南国育ちなんで冬になると、どうもからだが思うように動かなくなるんです」

「じゃあ、冬眠《とうみん》でもするか」

そう言ってマスターは笑い、琉平が置いた包丁を持つと、器用にシャッシャッと氷の角《かど》を削って真《ま》ん丸《まる》い氷を作っていった。

＊　＊　＊

トントントンと階段をリズミカルに駆《か》け上がる音が聞こえたかと思うと、

「あけましておめでとうございます……かな?」

分厚《ぶあつ》い木製の扉《とびら》を開けて、美容師の沢田《さわだ》明彦《あきひこ》が笑顔をのぞかせた。

「たしか十五日の小正月《こしょうがつ》までは『あけましておめでとうございます』でいいんじゃないで

すか。今日は九日ですからノー・プロブレム」

マスターが言うと、沢田は剽軽《ひょうきん》なしぐさで腰《こし》を30度に曲げ、

「今年もおいしいお酒、飲ませてください」

こざっぱりとカットされたヘアーを揺《ゆ》らしてお辞儀《じぎ》する。

バックとサイドは軽く刈《か》り上げ、トップと前髪《まえがみ》にはゆるくカールがかかっている。

「こちらこそよろしくお願いします」

琉平とふたり、あらためて頭を下げた。

「今日は、また、しばれるねえ」

ダウンジャケットを壁に掛け、両手に息を吹きかけて擦《こす》り合わせながら、沢田がスツールに腰をおろす。

カウンターの向こうから琉平がさっと温《あたた》かいおしぼりを差しだす。

沢田は、にっこりうなずいて受け取り、しばらくおしぼりで両手をあたためた。

「沢田さん。手袋《てぶくろ》しないんですか？」

マスターが訊《き》く。

「いやあ。東京の寒さには手袋なんて要《い》りませんよ」

北海道の網走《あばしり》で生まれ育った沢田がこたえる。

「でも、今日はしばれるって言ったじゃないですか。また、やせ我慢《がまん》しちゃってぇ」

旧知《きゅうち》の仲なので、マスターも親しげに混ぜっかえす。

大学の助手を辞めて京都から二子玉川にもどって以来、少なくなった髪の毛を沢田に丸刈りスタイルにカットしてもらっている。

「だんだん東京仕様《しよう》の弱っちいからだになっちゃったんですね、困ったことに」

眉《まゆ》を八の字にして、沢田が言う。

「今朝なんて空気が冷たすぎて、多摩川《たまがわ》から湯気みたいな蒸気が上がってましたよ。あんなの沖縄《おきなわ》じゃ見たことないっす」

思い出すだけで寒気《かんき》に震《ふる》えそうな顔になって、琉平が言う。

「そういえば、網走でも零下《れいか》20度のしばれた朝は、網走川やオホーツク海に『けあらし』って白い霧《きり》が立ちのぼるんだ。とっても神秘的でね。大昔の神話の世界にいるような気分になるよ」

沢田はおもわず遠いまなざしになる。

「さて。今年、最初の一杯はいかがいたしましょう」とマスター。

「年末に網走のバーテンダーの鈴木《すずき》さんから流氷《りゅうひょう》、送ってもらったんすよ」

琉平がそっと耳打ちするように沢田に言う。

「鈴木さん？　あのバー・ジアスの？」

沢田が背をのけ反《ぞ》らすようにして驚《おどろ》いた。

マスターはにっこりうなずき、

「バーテンダーの世界って意外と狭《せま》いんです」

「なんだかうれしいなあ。ぼくの友だち同士が、知らないところで繫《つな》がってるのって」

「では、やはり一杯目はあれ……ですか」

マスターがウインクする。

「もちろん」と沢田。

「承知いたしました」

マスターはバックバーから肩の張ったクラシカルなボトルを取りだした。スコットランド・アイラ島のシングルモルト、ラガヴーリンの16年だ。

次に、冷凍庫から白い冷気《れいき》のたつ4センチ角《かく》ほどの流氷のかけらを取り出し、グラスに入る大きさにサクサクと包丁で削っていく。

流氷は透明《とうめい》ではなく、かなり白っぽい。

氷の中にきめ細かい白いすじが何本も走っている。

グラスに入れた流氷の脇《わき》からラガヴーリンをゆっくり注ぐ。

と、グラスの中で濃い黄金色《こがねいろ》の液体が、油のようにぬったりと揺らめいた。

マスターが、グラスを静かに置く。

沢田はそれを持ちあげ、耳の方に寄せ、目をつむって、しばし沈黙《ちんもく》した。


プチッ……プチッ……プチッ……。


少し間《ま》を置きながら、かすかな音が聞こえてくる。

そっとささやくようなその音は、マスターや琉平の耳にも届いた。

「北の海の小さな生きものが、何か語りかけてくるみたいですよね。ぼく、この音が好きなんです」

沢田がおだやかに笑った。

「流氷の中に入ってる海水の細胞《さいぼう》みたいなのが、溶けるときの音っすよね」

琉平が訳《わけ》知り顔に説明するので、マスターは額《ひたい》にうっすらと青筋《あおすじ》をたて、鋭《するど》い目で琉平をちらっと見た。

——また、余計なことを……。

ラガヴーリンの流氷ロックをひとくち飲んだ沢田が、

「流氷ロックにすると、ラガヴーリンが甘くなるんですよねえ」

満足げにうなずく。

「ぜんざいに塩をちょっと入れるのと同じですよね。海水の塩分《えんぶん》が……」

と琉平が言いかけ、マスターの突き刺すような視線を感じて、あわてて口をつぐんだ。

その様子を見ていた沢田がおもわず噴《ふ》き出す。

が、次の瞬間《しゅんかん》、どこの職人の世界も後輩《こうはい》を育てるのはたいへんだ、と心の中で溜《た》め息《いき》をついた。じつは沢田の店では、年末に若い美容師がひとり店をやめていた。

沢田は琉平に向かって微笑《ほほえ》みかけ、

「そうそう。塩気《しおけ》がうまくフィットしてる。ラガヴーリンの蒸留所《じょうりゅうじょ》は海のそばに建てられているそうだよね。北の海や風に育てられたウイスキーだから、きっと流氷と仲良しなんだよ」

ほっとした表情になった琉平は、

「ぜひ、こちら、流氷ロックに合わせてください」

と言って、1センチ角のサイコロ型チョコレートを小皿に載《の》せ、沢田の前にさっと差しだした。

沢田は爪楊枝《つまようじ》で刺さずに、ひょいと摘《つ》まんで頬張《ほおば》り、

「お、これ、爽《さわ》やかな酸味《さんみ》がほどよく利《き》いてる。チョコレートに合ってるよ」

「ですよね?」琉平がにんまりし、

「網走名産のマタタビをドライフルーツにして生チョコに練り込んであるんです。バー・ジアスの鈴木さんのオリジナルで、この前、流氷と一緒に送ってきてくださったんです」

「網走生まれだけど、食べたことなかったなあ」

そう言って、沢田はマタタビの生チョコをもう一つ摘まんで、流氷ロックをぐびりと飲《や》った。

＊　＊　＊

沢田明彦は、髙島屋《たかしまや》の裏で美容室を営《いとな》んでいる。

店の物件《ぶっけん》選びで二子玉川《ふたこたまがわ》に来て多摩川を見たとき、なじみ深い網走川を思い出し、瞬間的にこの土地で店を開こうと決めたのだった。

かつて網走で暮らした家は、川の土手のすぐそばにあった。だからだろうか、水のそばにいると、なぜか心が落ち着くのだ。

沢田は自《みずか》らもシザー(はさみ)とコーム(櫛《くし》)を持ってカットをし、スタイリングやヘアダイもし、アシスタントが足りないときはシャンプーもワインディングもブローもこなす。

マスターと沢田の出会いは、かれこれ二十年ほど前にさかのぼる。

マスターが大学の助手をやめ、まだ店も開かずブラブラしているとき、高島屋の地下にある明治屋《めいじや》で買い物をしようと街を歩いていると、ボブ・マーリーの音楽が風にのって聞こえてきた。

この街でレゲエが流れてくるのは珍しい。

店の看板を見てみると、なんと「トレンチタウン」と書いてある。美容室だった。

ボブが、ジャマイカの首都キングストンで住んでいた町の名前じゃないか。

マスター自身、大学時代からブルーズバンドをやっていた。

ブルーズにかぎらず、黒人系の音楽、レゲエもワールドミュージックも好きでよく聴いていたので、その店になつかしさと親しみを覚えた。

セレブの街といわれる二子玉川で、キングストンの最も貧しい町の名をあえて店名《てんめい》にするオーナーのセンスにも心ひかれた。

――ちょうど髪の毛もへんに伸びてきてるし……。

と足を踏み入れたのが、沢田とのつきあいの始まりだった。

シャンプーをしてもらうと、いままでに経験したことのないくらい気持ちがよかった。

沢田はレゲエに合わせてパーカッションをプレイするように、右手と左手をリズミカルに動かしたのだ。

琉平が、ほうぉ、と大げさな相《あい》づちを打ち、

「そのころ、マスターにも洗えるくらいの髪の毛、あったんだぁ」

「そうだよ。もう、うるさいくらいあってさぁ」

と、さもボブ・マーリーがドレッドヘアーを振るときのように首を動かし、

「ツェッペリンのジミー・ページやロバート・プラントみたいだったんだから」

とマスターがこたえる。

「なーるほど。髪の毛が重すぎて、重力《じゅうりょく》に引っ張られてどんどん抜けちゃったわけですねえ」

沢田はふたりの会話を聞きながら含《ふく》み笑った。

そして、マスターの頭をあらためてチラ見《み》し、こほんと小さく咳《せき》ばらいする。

沢田は地元・網走の高校を卒業して、東京にやってきた。

インテリアの内装関係の会社に就職が決まったのだ。

「ほんとはミュージシャンになりたかったんです。とにかく都会で一発当てたかった。学生時代にやってたバンドのメンバーも全員、東京に出ることを決め、サラリーマンやりながら土日《どにち》は練習して、ちゃんとしたプロを目指《めざ》そうって。で、レコード会社とか楽器屋とか受けたんですけど、ぜんぶ落ちちゃって。いちおう高校で工芸《こうげい》を専攻してたんでインテリア関係を受けてみたら、たまたま受かった。おれの人生、『たまたま人生』なんです」

と沢田が言うと、

「まさにニコタマ人生の始まりっすよね」

琉平が茶々《ちゃちゃ》を入れる。

沢田の就職した会社は、たしかに東京に本社はあった。が、配属《はいぞく》されたのは関東平野のど真ん中、埼玉《さいたま》県北部の営業所。壁紙や絨緞《じゅうたん》、テーブルクロスなどを工務店に売る仕事だった。

「えっ？　東京じゃないじゃんって思ったけど、電車使えば東京まですぐだし、ま、いいかって我慢《がまん》したんです」

沢田はそう言ってマタタビの生チョコをひとつ摘《つ》まみ、ラガヴーリンの流氷ロックでのどを潤《うるお》して続けた。

「小学校三年生の六月だったたっけかな。ビートルズが来日《らいにち》した。当時、頭のかたい人たちは大ブーイング。神聖な武道館《ぶどうかん》でライブやるなんて『もってのほかだ』って、そりゃあもう大騒《おおさわ》ぎ。おれ、そんなドタバタを北海道の端《はし》っこで見ながら『すんげえ』って感動してたんです。で、音楽聴いたら、これまたしびれちゃって」

それまで聞いていた橋幸夫《はしゆきお》や西郷輝彦《さいごうてるひこ》の歌なんかぶっ飛んでしまった。友だちと交替《こうたい》で買って毎号読んでいた少年マガジンや少年サンデーにもビートルズの記事が載《の》り、仲間うちではジョンとポールが人気だった。

でも、へそ曲がりの沢田はリンゴがお気に入りだった。鼓笛隊《こてきたい》で小太鼓《こだいこ》を叩《たた》いていたので、ドラムスに惹《ひ》かれたというのもあった。

ビートルズを知ってからは、ラジオにかじりつく毎日で、いっぱしの洋楽通《ようがくつう》になったが、ちょうど中学に入った直後、ビートルズが解散した。

「これまた脳天《のうてん》を直撃するショックな出来事だったんです。『レット・イット・ビー』のアルバムは何百回聞いてもせつないし、映画も何度も観《み》ましたよ」

解散以降も、ビートルズのメンバー一人ひとりを追いかけた。

そんななか、なぜかポールが孤立《こりつ》しているのを見て、生まれもった天《あま》の邪鬼《じゃく》が再びうずきだし、ポールが可哀想《かわいそう》に思えてならなくなった。あらためてポールの作った曲を聴き直すうちに、ギターを弾《ひ》きたくなった。

ポールはベースはもちろん、ギターもピアノもドラムスだってできる。

おれもマルチでできるようになろう。

友だちのギターを借りて練習し、高校入学と同時にバンドを結成。ドラムスを叩《たた》き、ときにはギターを弾いた。ビートルズはもちろんエリック・クラプトンやキャロルのコピーをして、遠く札幌《さっぽろ》の学園祭にまで遠征《えんせい》。地元の北海道ではけっこう有名人だったのだ。

「あのころは、はっきり言って、ちょっと天狗《てんぐ》になってましたよ。ジョンやポールがリバプールからロンドンを目指したように、永《えい》ちゃんが広島を後にしたように、おれも東京に行って一旗《ひとはた》あげてやろうってね」

そう言って面映《おもは》ゆい表情を浮かべ、沢田はバー・リバーサイドの窓の向こうに見える対岸の街灯《まちあか》りを見つめながら、ラガヴーリンの流氷ロックをすすった。

「で、サラリーマンはどうだったんです？」

マスターがやわらかい布でグラスを拭《ふ》きながらたずねた。

「リーマン生活は三カ月。その間、電話の受け答えや挨拶《あいさつ》の仕方とかいろんな勉強させてもらいました。基本、伝票《でんぴょう》チェックの電卓を叩く毎日でしたけど、先輩について飛び込み営業もやりましたっけ。『100軒のうち1軒注文とれればいい。当たって砕《くだ》けろ』って教えられましたよ」

「へえ。沢田さんがそんな仕事を……ちょっと想像できないっす」

と、お洒落《しやれ》な店で軽やかに働く沢田しか見たことのない琉平は、おどろいた顔で言う。

マスターは首を横にふり、

「いや。営業をやっていたからこそ、今の美容師の沢田さんがあるんですよね。美容師さんも対面商売《たいめんしようばい》。お客さんとの会話や礼儀《れいぎ》が大事ですもんね」

とフォローする。

沢田は頭を掻《か》いて照れくさそうにうなずき、

「土日《どにち》はバンドの練習をしたいのに、先輩から無理やり競艇《きようてい》に連れ出されるんですよ。勝つとキャバレー。負けると居酒屋《いざかや》。ま、キャバレーはけっこううれしかったけど、負けたときに愚痴《ぐち》られながら飲む酒が嫌《いや》だったなあ。で、また月曜からは、しーんとした事務所で電卓……。ほんと、まいったですよ。まったく音楽ってものがない」

「音楽って空気みたいなものですもんね」

とマスターが深く相づちを打つ。

「そうなんです。酸欠《さんけつ》みたいに音欠《おんけつ》になっちゃう。で、あるとき倉庫でラジオ聴きながら昼寝してたら、営業所長に見つかって、こっぴどく叱《しか》られちゃって。『やっぱ、おれ、サラリーマン向いてないわ』って思ったんです」

「三カ月でわかってよかったじゃないですか。判断、はやいですよ。わたしなんか二十年弱かかりましたから」とマスター。

「バンドも練習できずに自然消滅《しぜんしょうめつ》しちゃって。おれ自身、ドラムスがなかなか上達《じょうたつ》しなかったしね。ま、それも基礎《きそ》ができていないからだって悟《さと》ったのもあるんです。そんなとき、たまたま友だちのお姉さんが表参道《おもてさんどう》の美容室で働いていて、『よかったら、来ない？』って声かけてくれたんです」

「以前から美容師には興味あったんですか？」とマスター。

いやあ、まったく、と沢田は首を振って破顔一笑《はがんいっしょう》し、

「音楽が流れてる。女の子としゃべれる。チャラそう――この三点セットですね。おれが美容師になったのは」

＊　　＊　　＊

沢田の父は漁師《りょうし》だったが、息子に無理やり仕事を継《つ》がせようとはしなかった。

だが、ほんとうは漁師になってもらいたいと思っているのは、沢田にも、うすうすわかっていた。

父は寡黙《かもく》な昭和《しょうわ》の男だったが、子どもに何かを押しつけることは一切《いっさい》なかった。

母はふっくらとした体型そのままの大らかなひとだった。

「元はといえば、道産子《どさんこ》は内地から移民でやってきたんだ。こっちに来るんも、あっちへ行くんも、自由だべ」

そう言ってやさしく送り出してくれた。

まだ小学校にも上がらない、たったひとりの妹・真凜《まりん》は、オカッパ頭を揺らして、「お兄ちゃん。頑張《がんば》って、えらくなって帰ってくるんだよ」

唇《くちびる》をへの字にして必死に涙《なみだ》をこらえ、見送りに来た網走駅で手を振った。

真凜は、沢田が中学三年生の春に生まれた末《すえ》っ子《こ》である。

お兄ちゃんのことが大好きで、いつも沢田の周りにまとわりついてきた。

だいぶ歳《とし》の離《はな》れた妹なので、沢田も真凜のことが可愛《かわい》くてたまらなかった。

成長していく真凜のひとつひとつの動作や振《ふ》る舞《ま》いが、知らない生きものを見ているようで面白く、妹をあやしながらよく笑いこけたものだ。

そんなある日、真凜が風邪《かぜ》をひいて、高熱と間欠的《かんけつてき》な痙攣《けいれん》におそわれたことがあった。熱はいっこうに下がらず、家族みんなが眉《まゆ》をひそめ、家の中は火が消えたように静かになり、先の見えない不安が広がった。

父母や沢田の献身的《けんしんてき》な看病の甲斐《かい》あって、十日後になんとか熱が下がったが、こんどは真凜は一言ひとこと言葉をえらび、妙《みょう》に大人びた口調で巫女《ふじょ》のように話すようになったのである。

小さな女の子がぜったい知るはずのない昔の出来事《できごと》や祭祀《さいし》、アザラシやキツネなどの生《せい》態《たい》について、まるで見てきたかのようにしゃべるのだ。ことに流氷については漁師の父よりもはるかに多くのことを語るのだった。

どうしてそんなこと、知っているんだろう……。

みんなが首をひねった。

ときおり遠いところを見つめるような透徹《とうてつ》したまなざしになるのも、なんだか怖《こわ》かった。母は「神がかりになったんだべか」と父と沢田にささやいたが、その声が聞こえたのか、真凜は三人に向かって、やわらかい笑みをふっと投げかけるのだった。

真凜はきれいに前髪《まえがみ》をそろえたオカッパにこだわった。

美容師が真凜の意志をないがしろにして、流行のスタイルにしようと少しでも手を加えようものなら、ムッとしてその美容師をにらみすえ、ひとことも口をきかなくなり、周りの大人たちを慌《あわ》てさせた。

以来、手先の器用な沢田が見よう見まねで、妹の要望《ようぼう》どおりにカットするようになったが、真凜は沢田の腕《うで》をとても気に入り、「お兄ちゃんじゃないと髪の毛、ぜったいに切らない」と言いだした。

真凜はひとたび何かを決めると梃子《てこ》でも動かない性格だったし、美容室のお金も節約できるので、父母も沢田もお互い顔を見合わせてうなずき合うのだった。

カットをしてあげると、真凜はお金の代わりに、自分の大切にしているウランちゃんのシールを一回につき一枚、特上《とくじょう》の笑顔とともに沢田にプレゼントしてくれた。

真凜は鉄腕《てつわん》アトムのアニメが好きで、沢田のひざの上でテレビを観《み》ながら「お兄ちゃんがアトム。あたしはウランちゃんだよね」といつも言っていたのだ。

「親父《おやじ》・お袋《ふくろ》と別れるのもつらかったけど、妹の顔がまぶたの裏にちらついて、東京に出てくる夜行列車の中でぜんぜん眠れなかったなあ」

沢田はそう言って、半分ほど流氷の溶けたラガヴーリンをクッとあおった。

＊　＊　＊

バー・リバーサイドの木製の扉《とびら》がゆっくり開き、ひゅーっと冷たい風が吹き込んできた。枯葉《かれは》が二枚、カラカラと乾いた音をたてて床《ゆか》を転がる。

「新年好《シンニイエンハオ》！」

明るく澄《す》んだ声がしたかと思うと、台湾整体の周雪麗《しゅうせつれい》先生がフードつきのダウンコートに身を包んで立っていた。

「新年快楽《シンニィエンクアイラー》！」

琉平が、周先生のために使おうと思って必死で覚えた中国語であいさつする。

「発音よいですね。琉平クン」

周先生が涼《すず》しげな目で微笑《ほほえ》みかけると、琉平はぺこりと頭を下げ、かすかに頬《ほお》を染《そ》めた。

先生はコートを掛け、栗色《くりいろ》の長い髪を揺らして、一つ置いた右隣のスツールに腰をおろす。ふわふわの白いモヘアニットのタートルを着て、黒のレギンスを乗馬ブーツに突っこんでいる。

「今夜は冷えるから、ヴァン・ショー、お願いします」

「ホットワインですね。かしこまりました」

琉平はこたえて、さっそく小鍋《こなべ》にチリの赤ワイン、ロス・バスコスを奮発《ふんぱつ》して注ぎ、軽く煮立《にた》つくらいに温《あたた》める。

そうして、そこにオレンジの輪切《わぎ》り、レモンピール、シナモン、クローブそして蜂蜜《はちみつ》を加え、特別にマーテル・コニャックを少々注ぎ、再び中火《ちゅうび》で加熱。

取っ手のついた厚手のグラスに入れて、先生の前に滑《すべ》らせた。

フルーティーな香りの湯気《ゆげ》がふわっと上がり、先生はふうふうしながら、そっとグラスに口をつけ、

「こんな寒い夜は、じーんとからだに染《し》みわたりますね」

爽やかな顔でそう言って、うなずいた。

琉平はホッとして、額に浮かんだ細《こま》かい汗をハンカチでぬぐう。周先生はいたって酒の味にきびしいのだ。

ヴァン・ショーのグラスを静かに置くと、先生は沢田に向かって、

「沢田さん。おからだの調子よさそうで、なによりです。気がうまく回っていますね」

沢田も立ち仕事なので腰の調子が悪くなると、台湾整体に治療に行くが、最近は毎朝のストレッチのおかげか、あまり整体にはお世話になっていない。二カ月に一度、先生がカットに来るときに会うくらいだ。

周先生がにっこり笑うと、桃《もも》の花が一斉に咲《さ》いたように空間がはなやいだ。

「教えていただいたストレッチでずいぶん楽になってるんですよ。そうそう、いまね、先生もお好きな鉄腕アトムとウランちゃんの話になってたんです」

沢田がいうと、周先生の顔がパッと輝《かがや》き、

「台湾でもアトム、とても人気ですよ。わたし、ウランちゃん、大好きなんです」

「へえ。先生もウランちゃんがお好きなんですか」

琉平が先生にはちゃんとした言葉づかいで訊《き》く。

「おませで甘えん坊、勝ち気でしっかり屋さん。何だか、子どものころの自分を見てるみたいで……」

そう言って周先生はカウンターの隅《すみ》に置いてあるブリキのウランちゃん人形を指さし、

「あのおもちゃ。先月、マスターの誕生日にプレゼントしたです」

沢田は仄暗《ほのぐら》い空間に向かって、両目を細めて凝《こ》らし、おっ、と言い、

「いやあ、ぜんぜん気づかなかったなあ」

うれしそうな顔ですっくと立ち上がると、ブリキのウランちゃんを持って自分のスツールまでもどってきた。

「アトムのブリキ人形は何度か見たことあるんだけど、ウランちゃんのは初めてです」

瞬《また》きもしないで、頭の先から背中《せなか》や足の裏まで何度もひっくり返しては、食《く》い入《い》るように見つめた。

背中にはねじがあって、このねじを巻くと、ウランちゃんは動くようだ。

周先生がヴァン・ショーを両手で包むようにして飲み、

「沢田さんもウランちゃん、好きですか？」

と訊《き》く。シナモンとオレンジの甘い香りがふんわり漂《ただよ》った。

「ええ。妹のこと、思い出すんです」

「妹さん、いまも網走に？」

「いえ」

「じゃ、結婚されて、札幌とか東京に？」

「……違うんです」心なしか沢田がうつむいた。

「……」何か訊いてはいけないことを訊いたのかもしれない。

先生はバツのわるそうな顔になった。

「おさないときに……いなくなったんです」

先生はもちろん、マスターも琉平も息をのんで、二の句《にく》が継《つ》げなかった。

「生きていたら、ことしで四十四歳です」

＊　　＊　　＊

沢田の就職が決まって、東京に行く直前の三月のこと。

流氷がびっしりと張った海に連れていってほしいと真凜《まりん》がぐずって、沢田をいたく困らせた。

真凜という名前は、海にちなんで漁師の父がつけた名前だ。そのせいかどうか、真凜は海を見るのが好きだったが、これほど海に行きたいと駄々《だだ》をこねることはなかった。

いぶかしく思いながらも、泣きやまない真凜をおとなしくさせるには、流氷の押し寄せる海辺に連れていくしかない。言いだしたら、とにかくきかない子どもなのだ。

沢田は網走川にかかった橋を真凜と手をつないで渡り、河口《かこう》近くの凍《こお》りついた浜に降りたった。

浜から水平線までぎっしりと流氷で覆《おお》いつくされた海は、白くまぶしく輝いていた。

岸近くは流氷が折り重なって、ところどころ氷山《ひょうざん》のようにゴツゴツし、西に傾《かたむ》きはじめた日の光を受けると、青い影ができた。

歩いているときはそうでもなかったが、いったん立ち止まると、叩けばキンと音のするほど鋭い冷気が、露出した肌に容赦《ようしゃ》なく突き刺さってくる。

真凜は酷寒《こっかん》を気に病《や》むふうもなく、まるで春の日だまりにいるかのようにゆったりと表情をほころばせた。

「あたし、あっちからやって来たの」

真凜は凍った水平線の向こう、サハリンの方角を指《ゆび》さした。

「…………」

沢田は一瞬、妹の言っている意味がわからず、ことばが出てこなかった。

「流氷に乗って、遠いところからやってきたんだよ」

「え？」こいつ、また、なに言ってるんだ。

「大昔に、あたしたち、オホーツク海《かい》を渡ってここに来たの」

「あたしたち……？」

真凜はこっくりとうなずき、

「お兄ちゃんは、そのころ、真凜のダンナさんだったんだよ」

まったく表情を変えず、握《にぎ》った手に力を込め、沢田を見上げてつぶやいた。


それから三年後。

ちょうど小学校に上がる年の春、愛犬ジャッキーをつれて流氷を見に行った真凜は自宅に帰ってこなかったのだ。

翌朝、母からの電話で、沢田はあわてて網走にもどったが、流氷は一夜にして水平線の彼方《かなた》に去り、目の前には青い海が広がるばかりだった。

一週間捜索《そうさく》を続けたが、結局、真凜もジャッキーも見つけることはできなかった。

＊　＊　＊

マスターの川原草太は、一度だけ冬の網走に行ったことがあった。高倉健《たかくらけん》や最果《さいは》ての地にあこがれて、いかにも暗く荒涼《こうりよう》とした所だろうと思って訪ねたのだが、実際の網走は青空が大きく広がる、海に向かって開けた街だった。想像していたのとは違って、意外と明るい土地だったのである。

その旅で、かつて網走にはアザラシやクジラを追いかけて暮らした海洋民《かいようみん》・オホーツク人《じん》がいたことも知った。彼らはシベリアのアムール河口《かこう》からサハリンを通り、流氷に乗って網走まで渡ってきたのだという。船を操《あやつ》って盛《さか》んに交易《こうえき》もしたそうだ。

網走はすさんだ北の果てではなく、むしろ海によって大陸と結ばれた土地だったのだ。耳を澄ませて沢田の話を聞いていたマスターは、もしかすると真凜はオホーツク人なんじゃないかと思った。

「……ひとは、何度も、生まれ変わる、と聞きました」

と周先生がおもむろに口を開き、少し間をおいてから続けた。

「真凜ちゃん、たぶん、前世《ぜんせ》のこと覚えていたんですよ。わたしの祖母も同じように、前世の記憶をもつ人でした。ある日、祖母と一緒に廟《ミヤオ》にお参りし、近くの公園で胡椒餅《こしようもち》たべたときです。『あんたとは前世、この廟で修行した親友だったんだよ』と祖母が言ったの、覚えてます。それ聞いても、ぜんぜん違和感《いわかん》なかった。逆に、とても自然に受け止められたです」

琉平が、ぼくにも同じようなことありましたよ、と言葉を継いで、

「うちのオバアは小さいころ、からだが弱くて、よく熱を出して寝込んだそうです。あるとき髪の毛がばっさり抜けて、それ以来、普通の人には見えないものが見えるようになって、ユタについて拝《うが》みをするようになったそうです。オバアはぼくに『あんたとは前の世で夫婦だったんだよー。また会えたねえ』ってうれしそうに言ってましたよ。たぶん、真凛ちゃんも、オバアみたいな高《たか》生まれなんですよ」

「わたし、真凛ちゃん、亡《な》くなっていない、思います」

と周先生がきっぱりした口調《くちょう》で言って、

「オホーツクの向こうに帰っただけ、です」と続けた。

琉平は思わずウチナーアクセントになり、

「そうか。沖縄と同じやっさね。たましいは海の向こうからやってきて、また海の彼方《かなた》のニライカナイに帰っていくさ」

バー・リバーサイドには沈黙が広がり、ただ、キース・ジャレットの硬質《こうしつ》でリリカルな

ピアノの音だけがその空間を満たしていた。

すっかりグラスの中の流氷がとけ、薄い水割りになったラガヴーリンを飲みほして、沢田が静かに切り出した。

「今も、妹が亡《な》くなったとは思えないんです。じつは……いなくなる前の夜、真凜が夢《ゆめ》枕《まくら》に立って、『氷が溶けないうちにアムール川に先に帰るね』って笑いながら手を振《ふ》ったんです」

マスターが話《はなし》の穂《ほ》をついだ。

「夢には言葉にならない言葉、無意識《むいしき》のもっている叡智《えいち》が映《うつ》っているんじゃないのかな。思い出したのですが……かつて妻に求婚する前日、彼女と船に乗っている夢を見たんです。船は大きな川を進んでいるのですが、甲板《かんぱん》にどんどん水が入ってきて、しまいに水没《すいぼつ》していくという夢でした。

不思議な偶然《ぐうぜん》ですが、同じ夜に、なんと彼女はわたしにプロポーズされる夢を見たんですが、夢の中で彼女の両親が結婚を心配して、猛反対《もうはんたい》したそうです。

結局、夢が予知《よち》していたように、わたしたちの結婚《けつこん》は残念な結果に終わったのですが……」

「でーじ怖《こわ》い夢やっさぁ。そんなの、見たくないさあね」

琉平がぶるっとからだを震《ふる》わせて言った。

「夢はたましいと通じ合って、未来を教えてくれるんですね」

そう言って周先生は、ヴァン・ショーのグラスに残った輪切りのオレンジを細い指先でつまんで、上品に口に入れた。

＊　＊　＊

十日あまりの月が中天《ちゅうてん》にかかろうとしていた。

「今夜は空気がきりりと澄んで、よく晴れているから、星がきれいに見えるんじゃないかな」

と言いながら、マスターが店の照明を落とす。

バー・リバーサイドの大きな窓からは青じろい光に照らされた河川敷《かせんしき》の枯《か》れ草《くさ》が見え、鋼《はがね》のように黒く透《す》きとおった空には、まるで燐光《りんこう》のようにたくさんの星が輝《かがや》いていた。

窓を少し開けると、寒風《かんぷう》の奏《かな》でる虎落笛《もがりぶえ》が聞こえてくる。

「なんだか、みんなで汽車に乗って、網走に旅してる気分っすね」

琉平がうれしそうな顔になって言う。

「そうそう。バー・ジアスの鈴木さんからジャガイモ焼酎《じょうちゅう》をいただいたんですよ」

マスターが冷凍庫にひやしたボトルを取り出そうとすると、沢田が、

「ひょっとして、清里《きよさと》でつくっている焼酎ですか？」

清里というのは、知床《しれとこ》半島のつけ根にある、網走からもほど近い小さな町だ。

「ええ。なかなかイケますよね」とマスター。

「まさかここで飲めるとは思わなかったなあ」と沢田。

「飲み方はいかがいたしますか？」

「まずはストレートで」

マスターが冷凍庫からジャガイモ焼酎を取り出すと、ボトルの周りにまるでオホーツクの「けあらし」のような白いけむりがたった。

トクトクトクと心地よい音をひびかせて、透きとおった液体がバカラのショットグラスに注がれる。冷やされたスピリッツは糸を引くように少しねっとりしている。

穀物由来《こくもつゆらい》の甘い香りを漂《ただよ》わせて液体が満たされると、小さなグラスの周りにはびっしりと細かい水滴がついた。

沢田がグラスを口もとに運ぶ。

そうして、目をつむって静かに祈るように飲むと、ふーっと大きな吐息《といき》をついた。

息に火を点《つ》けると、ぼっと燃えだしそうなほどアルコール分がたっぷり含まれている。

グラスをカウンターにトンと置き、

「あいかわらず、じつにクリアーです。まさに網走の青空そのもの」

沢田は満足げにうなずいた。

おいしそうにグラスを傾ける姿を横から見ていた周先生が、

「わたしも同じもの、同じスタイルでください」

と言い、こんどは琉平がジャガイモ焼酎のストレートを手早くつくる。

「口あたりがとってもまろやか。でも、すっきりしている。サツマイモの焼酎よりクセありませんね。飲んだ後に、ジャガイモの香りとうまみ、感じます」

周先生が味の感想を述べる。

マスターも自分用のグラスに注いだものをテイスティングし、

「北欧《ほくおう》にもアクアビットというジャガイモ焼酎がありますが、清里のものはまさに日本のアクアビットですね」

「ちなみにアクアビットというのは『生命の水』という意味です、はい」

と琉平は説明しながら、カウンターの奥にあるオーブントースターでバゲットをささっと焼き、その上にアボカドのスライス、網走でとれた鮭《さけ》のスモークサーモン、そして、ゆで卵を載せたフランス風オープンサンドをサーブした。

「味つけはマヨネーズと塩、レモン汁、あらびきマスタードを使っていますが、レモンが足りなければ、どうぞ」

と琉平は、レモンの輪切りを小皿に盛って、ふたりの目の前に置いた。

サーモンピンクと卵の白と黄色、アボカドの明るいみどり、イタリアンパセリの濃いみどりのカラーコーディネートが美しい。

周先生が身を乗り出して、じっくり皿を眺《なが》め、

「琉平クン。色味《いろみ》も考えて、なかなかやりますね」

そう言って、レモンを軽くしぼり、ひとくち頬張《ほおば》る。

「これ、好吃《ハオチー》！」

思わず眼《め》をみはり、それから琉平にウインクする。

と、見る見るうちに琉平の顔が紅潮《こうちょう》した。

沢田も大口をあけてかぶりつき、すかさずジャガイモ焼酎で舌を洗いつつ、そのまま一気に飲みほした。

「お世辞《せじ》じゃなく、この酒にぴったりだね。やはり、その土地の食材と酒は相性がいいね」

「北欧の人はこのアクアビットとサーモンの組み合わせ、大好きですよね。次は、にしん

のマリネ、作ってみます」

琉平が白い歯を見せて言う。

じゃ、もう一杯、と沢田がグラスを上げ、

「こんどはジャガイモ焼酎の流氷ロック、お願いします」

と言うと、周先生も「わたしも同じものを」とのってきた。

流氷のサイズをグラスの大きさに揃《そろ》えるために、包丁でシャッシャッと削る音がひびくと、沢田がおもわず注意を向け、

「氷を削る音、ほんと、リズミカルでいいサウンドですね。美容師の使うハサミもサクサクサクっていうきれいな音が出るかどうかが大事なんです。カットの上手《うま》い下手《へた》は、そこでわかりますよ」

マスターはうつむき加減《かげん》になって包丁を使いながら、

「刃物《はもの》の音って音楽かもしれません」

「そうですね。パーカッションみたいな」と言って、沢田が微笑《ほほえ》む。

マスターは包丁の手を少し休め、沢田のほうを向いて、

「音楽は伝わるのが速《はや》いですよね。映画『未知《みち》との遭遇《そうぐう》』でも宇宙人と音楽でコミュニケ

ートしてましたもんね。言葉には往々《おうおう》にして騙《だま》されることがあるけれど、リズムやメロディーは正直です」

「だからかな。音楽の趣味《しゅみ》が合うひと同士って仲良くなるのが早いですよね」

「大事なコミュニケーションをとるときには、音やにおい、ぬくもり——そういう目に見えるもの以外、ことば以外のものを使うんじゃないでしょうか」

とマスターが思慮《しりょぶか》深い顔になって言う。

そうそう、と琉平が会話に加わり、

「『言葉にならん言葉がでーじ大切さあ』とオバアもよく言ってました。ウソついてるひとは顔や声色《こわいろ》ですぐわかるよーって」

「すぐに消えてしまう表情や声は、かえって記憶に残るからね」とマスター。

「夢も同じですね。こんなことがありましたよ」

と言って、沢田が語りはじめた。

「真凜《まりん》が行方不明になって三カ月たったころのことです。

当時、修業していた美容室にはおれより先に入った中卒《ちゅうそつ》の女の子がいて、シャンプーもずっとうまくてね。彼女に顎《あご》で使われる毎日でした。そりゃあ、悔《くや》しかったですよ。そんなある夜、真凜が再び夢にあらわれて、言ったんです。

『お兄ちゃん。シャンプーは心臓《ハートビート》の鼓動に合わせるの。レゲエを聴きながらやればいい。ドラムスやってるんだから、じょうずにできるはずよ』って。

で、翌日から店長に頼んでボブ・マーリーをかけてもらい、リズムをとってシャンプーすると、驚くほど仕事がはかどった。お客さんからも指名が来るようになって、やがてライバルの女の子を抜き去って若手ナンバーワンになったんです」

沢田の話を聞いたマスターが、なるほど、と言って、

「最初に『トレンチタウン』でカットしてもらったときのあの気持ちのいいシャンプーは、真凜ちゃんのおかげだったんですか」

感慨深《かんがいぶか》げにうなずいた。

「そのあとも真凜はときどき夢に出てくるんです。

ある夜は、『昔、お兄ちゃんは部族の髪結《かみゆ》いさんだったの。あたしの髪もよく結ってくれたわ。だから今のお仕事は天職《てんしょく》なんだよ』って言ってくれたり。

『網走川の河口にオホーツク人のモヨロ貝塚《かいづか》って遺跡《いせき》があるでしょ？　あそこを探し出したのは髪の毛を切る理容師《りようし》さん。オホーツクの神さまが、あたしたちの住まいやお墓を見つけるようにってその人に言ったの。髪は神に通《つう》じているんだよ』と教えてくれたりね。

真凜の夢の力で、美容師としてなんとかやっていける自信がついたんです」

＊　＊　＊

「やっぱりジャガイモ焼酎には、ポテトのお料理でしょう」

そう言って、琉平がフライパンにオリーブオイルをひき、ニンニクで香りをつけ、厚切りベーコン、タマネギ、ジャガイモを炒《いた》めはじめる。

と、タマネギの甘い香り、ベーコンとニンニクの香《こう》ばしいにおいが、いやが上にも食欲をかきたてた。

手早く塩胡椒《しおこしょう》と少々の白ワインで味つけした琉平は、みじん切りのパセリをさっと振り、できあがったジャーマンポテトを沢田と周先生の目の前にそっと置く。

「お酒と料理のマリアージュはもちろん、お酒と氷のマリアージュも楽しんでください。流氷ロックの味わいも、アイラ・モルトとはまた違ったものになるはずです」

とマスターがジャガイモ焼酎の流氷ロックをカウンターに滑《すべ》らせた。

プチッ……プチッ……プチッ……。

少し間を置きながら、かすかな氷のささやきが聞こえてくる。

沢田がグラスをもって、ひとくち飲む。

「ゆでたジャガイモに塩を振って食べてるみたい。シンプルだけど、ほくっとした気持ちになります。ジャガイモ焼酎に流氷って合いますね」

思いがけない組み合わせに、笑顔になった。

周先生はジャーマンポテトを少し口にしてからグラスを手に取り、透明な液体を舌の上でころがすようにして飲んだ。

「アムール川の水のにおい、します」

「え?」沢田が先生のほうに向き直った。

「流氷はアムール川がないと生まれないでしょ? 川の水、たくさん海に流れこんで、海の水と混ざって流氷生まれると聞きました。海の塩分《えんぶん》、少ない。それ、流氷、つくりますね」

「淡水《たんすい》が混じった海水は比重《ひじゅう》が軽く、しかも凍《こお》りやすい。だから流氷ができるんですね。海と川の水の混ざり具合が絶妙なんでしょう」

マスターが言うと、琉平が、

「さすがぁ、元大学の工学部の研究者。科学的ですねぇ」

「流氷が生まれるのは川のおかげなのかぁ。つくづく流氷って生きものだと思いますね。

川で生まれた鮭《さけ》が海に行き、また川に還《かえ》ってくるように、流氷も春になると川にもどっていくんですね」

沢田が言う。

「いや、実際は、ちが……」

と言いかけて、マスターはことばを飲みこんだ。

夢はたいせつだ。ひとは現実だけでなく、夢の中でも生きているのだ。

むしろ、夢の力や思い込みが、ひとを強く動かしているのかもしれない。

川といえば、わたし……と周先生が再び口を開いた。

「ツバメが飛んでいた台南《タイナン》の川、思い出します。ツバメと流氷、ほんとよく似てます。季節ごとにやってきて、またいなくなる。わたし、子どものころ、ツバメになりたかったです。きっと真凜ちゃんは流氷になりたかったんじゃないのかな」

マスターは黙ってうなずき、

「流氷もツバメも消えるからこそ、深く心に残るんでしょう」

「両親も、友人も、夫や妻も……いずれこの世から消えていきます。一緒にいたときは、宇宙の時間から見れば、ほんの一瞬。ですが、その時間は永遠です」

と周先生がつぶやくように言った。

「大昔からぼくらは何度も生まれ変わって、いろんな人生を勉強しているのかな?」

琉平がめずらしく神妙《しんみょう》な顔になって言う。

「すべて、流れるままに。消えるものは消えても、たいせつな記憶は残るよ。行雲流水《こううんりゅうすい》でいいんだよ」とマスター。

「行雲流水?」

琉平が首をかしげる。

「空をゆく雲や川を流れる水のように、執着《しゅうちゃく》することなく、自然にまかせて生きること。アムール川の河口《かこう》から流氷がオホーツクを渡って、網走にやってくるように」

「なら、行雲 流氷《りゅうひょう》。ですよね?」

琉平が突っこむと、マスターが深くうなずき、

「氷の行方《ゆくえ》を、氷は知らない。いつ、どこで消えるかも知らない」

「ほんと、ひとと同じね《おんな》」

周先生がやわらかく微笑《ほほえ》む。

と、沢田と周先生のあいだのカウンターに立っていたブリキのウランちゃんが、ねじを巻いてもいないのに、一瞬、ぎぎぎと動いた。

「真凛《まりん》……」

沢田がうれしそうにバーの中をぐるりと見わたし、

「おれも、かならず、そっちに行くよ」

そう言って、流氷が溶けかかったジャガイモ焼酎を、ひといきに飲んだ。

ひかりの酒

Bar Riverside

突然、グラスの割れる音がした。

皿を洗っていたマスターもナプキンを畳《たた》んでいた琉平《りゅうへい》も驚いて顔を上げ、カウンターに鋭い眼を向けた。

と、酔《よ》っぱらった比嘉壌治《ひがじょうじ》がカウンターに突《つ》っ伏《ぷ》している。

すでに午前一時をまわっていた。

比嘉は重ねた両手をまくらに、日本人離《ばな》れした彫《ほ》りの深い横顔を見せて、かすかにいびきをかいている。ひじを張った拍子《ひょうし》に、ロックグラスを落としてしまったのだ。

やれやれ……。

温厚《おんこう》なマスターも、おもわず心の中で溜《た》め息《いき》をついた。

琉平は、こまったような顔をして、肩を落とした。

このまえも、比嘉は正体《しょうたい》をなくすまで飲んでいた。だらしのない姿は、同じウチナーンチュ（沖縄人）として恥《は》ずかしくて、居たたまれなかった。

比嘉壌治は、ビールやウイスキー、清涼飲料水《せいりょういんりょうすい》を製造販売《せいぞうはんばい》するスターライトという会社の宣伝部員だ。ＴＶコマーシャルや雑誌広告、駅貼《えきば》りポスターなどを作る広告プロデューサーをしている。

ハンカチで手をふきながらトイレから出てきた常連客の森茂幸《もりしげゆき》が、一瞬《いっしゅん》ぎょっとして、

「ど、どうしちゃったの？」

さっきまで元気よくしゃべってたのになあ、とひとり言《ごと》をいって、

「おいおい。大丈夫？」

比嘉の肩に手をかけ、軽くゆすぶった。

そのすきに、琉平はカウンターの向こうからまわって、割れたグラスをすばやく片付け、ていねいに床をふいた。森はマスターからおしぼりをもらい、カウンターの上をきれいにした。

「すみません。お客さんにそんなことしてもらって」

マスターは恐縮《きょうしゅく》したが、

「ノープロブレムです。ぼく、カウンターがちょっとでも汚《よご》れていると、気になっちゃうんで」

森がこたえると、マスターは口もとに微笑を浮かべた。

森は、もう一度、比嘉の肩をゆする。

が、いっこうに起きる気配《けはい》はない。

酔いつぶれてふにゃふにゃになったからだが、ゴム人形のように揺《ゆ》れただけだった。

森が吐息《といき》をついてスツールにすわると、マスターがブラックブッシュをダブルのオンザロックにして、すっとその目の前に置いた。

「これ、気持ちだけ……」

「え？　いいんですか？」

森が思わず頬《ほお》をゆるませる。

マスターは微笑《ほほえ》んでうなずき、大きないびきをかきだした比嘉に目をやり、

「最近、だいぶ溜《た》まってるみたいですね」

「かれも四十代半ば。いろんな意味で分かれ道にさしかかってるんでしょう」

そう言って、森は静かにグラスを口にはこんだ。

＊　　＊　　＊

翌日、まだ明るい夕暮れどき。

バー・リバーサイドの木製の扉《とびら》が開いて、砂埃《すなぼこり》の混じった風とともに、比嘉がのっそりとあらわれた。

沈丁花《じんちょうげ》の香りがふわっと漂《ただよ》い、早春《そうしゅん》の少しひんやりとした空気が流れこんだ。

比嘉のひたいには、ウエーブのかかった髪《かみ》がかかっている。

ライ・クーダーのギターがゆったりと時をつむぐ空間で、比嘉はカウンターに向き直り、ひきしまった小柄《こがら》なからだを深々と折った。

そして、居心地《いごこち》悪そうにたたずみ、

「す、すみません。昨日のこと、あんまり覚えていなくて……」

もじもじしながら、

「あの、これ、謝罪《しゃざい》のしるしに……」

きれいにラッピングされた包みを、おずおずとマスターに手渡そうとした。

いやいや、酒場《さかば》じゃよくあることですよ、とマスターは手を振って一度はことわった。

「でも、これだけは、どうしても」

比嘉がねばったので、マスターもかたくなに拒絶《きょぜつ》するのは大人《おとな》げないと思い、

「じゃあ、せっかくだから、いただいときますね」

明るく笑って、その包みを受け取った。

さっそく開けてみると、中からウォーターフォードのオールド・ファッションド・グラスが二個あらわれた。

横から見ていた琉平が、

「ジョージさん。高くつきましたねえ」

ニカッと笑う。

ちょっと突《つ》っこんであげた方が比嘉も楽になるだろう、という琉平なりの思いやりだった。

比嘉は頭をかきながら、いや、まあ、とあいまいな言葉を返すことしかできない。

「どうぞ。おすわりになってください」

マスターがカウンターの定位置《ていいち》にもどりながら、やわらかく言った。

「で、どこまで覚えてるんですか？」

スツールに腰をおろし、スーツに付いた砂埃をはらっている比嘉に、琉平がおしぼりを手渡しながら、のぞき込むようにして訊《き》いた。

「いや。それが、森さんの……となりの席にすわったところまで……」

「じゃ、うちの店に来て、すぐ頭がどっかにぶっ飛んでたんだ」と琉平。

「はあ、まあ……」

長いまつ毛《げ》を伏せて、比嘉があやふやにこたえた。

「いいさねぇ。いっぺーのんきで」

琉平が同郷《どうきょう》のよしみでズバズバ突っこんだ。

比嘉は引きつった笑《え》みを浮かべる。

その顔を一瞥《いちべつ》したマスターが、

「今日は、また、早いですね」

「いやあ。あれからタクシーで狛江《こまえ》の家に帰って、会社は午前休《ごぜんきゅう》。なんとか午後出社したんですが、もう使いものにならないんで、ホワイトボードに『銀通《ぎんつう》↓直帰《ちょっき》』って書いて、出てきたんです」

「じゃ、迎《むか》え酒。ですよね？」

琉平がまた茶化《ちゃか》したので、マスターは丸刈《まるが》り頭の広いひたいに青筋《あおすじ》を立て、ちらっと琉平を見た。

「いかがいたしましょう？」とマスター。

比嘉は、初めからテキーラのストレートをオーダーした。

かしこまりました、と言って、マスターは一つうなずき、

「おからだの方は、大丈夫ですか？」

こころを射抜くような鋭利《えいり》な眼差《まなざ》しで、しかし、やさしく訊《き》いた。

昨夜、といっても、今朝三時。

よだれを垂らして眠《ねむ》りこんでしまった比嘉を、マスターと琉平は何とかかつぎ上げて、外階段《そとかいだん》を下り、呼んでおいたタクシーに乗せたのだった。

小柄とはいえ、完璧《かんぺき》に力の抜けた酔っぱらいのからだは、予想以上に重かった。

おかげで、今日、マスターの腰《こし》の調子はあまり良くなく、サポーターをつけてカウンターに立っている。

そんな状態をおくびにも出さず、マスターは冷凍庫の扉を素早く開け、キンキンに冷えたテキーラと霜《しも》のおりた背の高いショットグラスを取り出した。

テキーラはパトロンのシルバー。

冷凍庫から出された瞬間《しゅんかん》、瓶《びん》のまわりに、白い霧《きり》がふわっと漂《ただよ》った。

ずんぐりとしたボトルをかたむけ、透明《とうめい》でとろりとした液体をグラスに注ぐ。

ショットグラスの表面におりた霜が、次第にとけていく。

琉平が、8分の1に櫛《くし》切りにしたライム数個とピンク色の岩塩《がんえん》を盛《も》った皿を、さっと差しだした。

比嘉は、左手の親指と人差し指のつけ根のところに、右手にもったライムを触れさせ、ぬれた部分に岩塩をつまんでちょこっと載《の》せた。

ライムの小片《しょうへん》を口でしぼるようにして、かじる。

酸味に眉《まゆ》を寄せたかと思うと、間髪《かんはつ》を入れず、のどの奥にテキーラをクッと流し込んだ。

そして、まだ指に少し残っている岩塩をぺろっとなめて、まるで温泉に入ったときのように、フーッと気持ちよさそうな吐息《といき》をついた。

ほの暗いバーの空間の向こう、横長《よこなが》の窓からは、くっきりと切り取られたように砂塵《さじん》の舞い上がる河川敷《かせんしき》が見える。

そんな風景を見ていると、店にかかるライ・クーダーの「アクロス・ザ・ボーダーライン」が水のように心に染《し》みてきた。

「ストレートのテキーラのおつまみ。まずは、これでしょう」

マスターがニコッとして、グラスを滑《すべ》らせた。

「おつまみって……これ、飲みものじゃないですか？」

さきほどと同じ背の高いショットグラスに、赤い液体が入っている。

マスターが目顔《めがお》ですすめるので、比嘉は、それじゃ、と言ってグラスを手に取り、ひとくち飲んだ。

なんだかトマトジュースみたいな味がしたが、それだけの単純な味でもなかった。

「おいしいけど……スパイスか何か、入ってる？」

比嘉が首をかしげる。

琉平が胸を張って、

「トマトジュースにオレンジジュースを少々。そこにライムをしぼって、ウスターソース、タバスコをちょこっと。テキーラの『飲むおつまみ』と言われるサングリータです」

「サングリータ？」

「ええ、スペイン語で『小さな血』って意味です」

琉平がこたえた。

「たしかに、小さなグラスに入った血みたいだね。これをチェイサーでやると、変に酔っぱらわない気がする」

比嘉が言うと、

「酔っぱらうのを、お酒のせいにしちゃいけません」

マスターが比嘉の目をまっすぐ見つめて言う。

はい、と比嘉は小声《こごえ》でこたえ、心なしか身を縮ませた。

＊　＊　＊

「二子玉川の駅から河川敷を歩いてきたら、でーじ風が強くて、野球やサッカーのグラウンドからもうもうと土煙《つちけむり》が舞《ま》い上《あ》がっていたさぁ。まるで『ガルシアの首』って映画に出てくるメキシコの風景であるわけさ」

比嘉は琉平に向かって、ウチナーグチ（沖縄語）まじりで語りかけた。

「河川敷の土埃はとっても細かいから、きな粉の嵐《あらし》みたいやっさぁや」

琉平も語尾《ごび》をウチナー風にしてこたえる。

マスターが、

「西部劇《せいぶげき》で、カウボーイがスイングドアを開けてバーに入ってくると、すぐウイスキーかテキーラのストレートをカポってのどに放《ほう》り込《こ》みますよね。あれは、口の中の砂埃を取るためらしいですね。どうです？　のど、すっきりしました？」

「たしかに……なんだか砂もすっかり取れたような……」

そう言って、比嘉は残っていたテキーラをクイッと飲みほした。

比嘉壌治は、沖縄本島中部・読谷村《よみたんそん》の出身である。

母親のアヤコは、嘉手納《かでな》基地近くでクラブ・バーを経営していて、米軍《べいぐん》の広報マンだったメキシコ系アメリカ人とめぐり会い、壌治を生んだ。

壌治という名前は英語でジョージと呼べることから名づけられたそうだ。

「ぼくが生まれて半年ほどで、親父《おやじ》はひとりアメリカに帰ったそうでね。だから、まだ会ったことがないわけさぁ」

二重《ふたえ》まぶたの大きな瞳《ひとみ》に、複雑ないろを浮かべ、比嘉がテキーラのお代わりを注文した。

琉平がショットグラスに透明な酒を注ぎながら、

「ジョージさん……けっこう……たいへんだったんじゃないですか」

かすかに眉根《まゆね》を寄せて訊《き》く。

比嘉はちょっと顔をしかめ、

「『ハーフ、ハーフ』っていつも囃《はや》し立てられたさぁ。『英語しゃべれんくせに、アメリカーみたいな顔しよって』って。持ってきた弁当、ゴミ箱に捨てられたりね。わん（自分）は父親がアメリカ人なのに、悪ガキたちよりずっと小《ち》っちゃかったから、チビの意味も込めて言うわけさ。で、喧嘩《けんか》になると、大きなからだのやつらにコテンパンにやられてしまうわけ。だから、とにかく逃げたさぁ。おかげで逃げ足だけは速くなったよぅ」

苦笑《にがわら》いしながら、テキーラをなめるように飲んだ。

「ジョージさん、敏捷《びんしょう》そうですもんね」

琉平が相づちをうつと、

「琉球空手《りゅうきゅうからて》も習ったさぁ。おふくろが負けん気が強くて、喧嘩に負けたら家に入れてくれんかったからねぇ。空手が使えるようになってからは、おかげでイジメっ子が寄ってこんようになったよ」

見た目や生まれで自分をのけ者にする周《まわ》りを見返してやろうと、比嘉はとにかく勉強をがんばって、地元エリートの集まる琉球大学《りゅうきゅうだいがく》にみごと合格した。

「大学二年のときからおふくろのクラブ・バーを手伝って、バーテンダーの真似事《まねごと》もしたさあね。アメリカーが店にやってくると、ぼくは顔がこんなだから、みんな英語で話しかけてくるわけさ。でも最初はしゃべれんかったから、でーじバカにされてよ。『いったいお前、何人《なにじん》なんだ?』って。みんなから奇妙《きみょう》な生きものあつかいされたわけさ」

自分の居場所《いばしょ》はどこなんだ。

アメリカーみたいな顔だちで差別される沖縄にいるより、いっそ東京に出たほうが楽なんじゃないか。大都会に行けば、人がたくさんいるから、自分の容姿《ようし》をとやかく言われずにすむんじゃないか——。

そんな思いをかかえながら比嘉は大学に通っていたが、また新たな問題も生まれていた。ベトナム戦争後、基地のアメリカ兵はどんどん少なくなり、母の店の売上げが確実に減っていたのだ。

なんとか客をよばんと、わん（おれ）の学費すらひねりだせん……。

比嘉は頭を悩ませた。

わんに何ができる？

比嘉は三線《さんしん》と歌が得意で、民謡《みんよう》やロックが盛《さか》んなコザの街には、自分を外見《がいけん》で差別しない音楽仲間もいた。

ちょうどワールド・ミュージックも流行している。ライ・クーダーも沖縄音楽を取り入れたアルバムを出したりして、オキナワは海外からも注目を集めていた。

――そうだ！　店でバンドのライブをやるのはどうだ？

アイディアがひらめくと矢も盾《たて》もたまらず、さっそく売り出し中のバンド数組に声をかけた。

「うちの店で演奏してもらえん？　ただし、ギャラはそんなに出せんけど……」

おずおず頼むと、バンドの連中は、自分たちの新しい音楽を知ってもらえる良い機会だと二つ返事で引き受けてくれた。

実際にイベントをはじめる前はいったいどうなることかと気をもんだが、いざ蓋《ふた》を開けてみると予想以上に客は集まり、連日押すな押すなの大盛況《だいせいきょう》になった。おまけにライブC

Dを出すと、それもけっこう売れた。

しかも、思いがけなく定期的なイベントを望む声もおこり、比嘉の戦略《せんりゃく》は予想以上の成功をおさめたのだった。

評判《ひょうばん》を聞いて、店には酒メーカーの人もたびたび来るようになったが、なかでも熱心なのがスターライトという会社の営業マンだった。

東京に本社のある会社で、かれは沖縄支店長だった。イベントにもちょくちょく顔もだし、CDも買い、比嘉の企画力を高く評価していた。

比嘉もその営業マンは以前から気になっていた。なんといっても仕事熱心だったし、酒の飲み方もきれいだった。服装も都会的であか抜《ぬ》けていたし、会話もしゃれていた。いかにも東京からやってきたセールスマンだった。

ある夜、その支店長が「うちの入社試験受けてみない?」と比嘉に声をかけてきた。

えっ?　まさかよぅ。

そろそろ就職活動をしなければと思っていた矢先のことだった。

比嘉にとって、まさに、天《てん》の声《こえ》だった。

沖縄を離れられる、またとないチャンスやっさぁ。

コネでもなければ東京や大阪での就職なんて夢のまた夢と考えていたが、願ってもない誘《さそ》いだった。しかも、好きな酒とかかわれるのだ。

一も二もなく比嘉は承諾《しょうだく》し、東京で面接と筆記試験を受けたが、沖縄支店長の強力なプッシュもあって、狭《せま》き門をなんとか突破《とっぱ》することができたのだった。

＊　＊　＊

「スターライトに入ってからは、どんな仕事を？」

琉平が興味津々《きょうみしんしん》の面《おも》もちで訊いてきた。

「宣伝で売ってきた会社だから、宣伝部を希望したんだけど、人事部に配属《はいぞく》されたさぁ」

比嘉《ひが》がこたえる。

「人事部？　お酒とはあんまり関係なさそうな……」

琉平が正直にいう。

「ぼくもそう思って、最初はガクッときたよ。でもね、営業マンの教育研修のためのビデオを作ったりするわけさ。それがけっこう楽しくてね。営業マンの一日を追いかけてドキュメントしたり、クレームが来たときにどういうふうに対処《たいしょ》すればいいかとか、初めてのバー訪問のやり方とか——きめ細かく制作するわけさ。学生時代、店のイベントを撮《と》ったときのことがとっても役立ったよ」

「人事部では、ほかにどんな仕事やってたんです？」と琉平。

「……人事考課《こうか》の手伝いもさせられたけど、あれは、いやだったなあ」

「人事考課って？」

琉平が首をかしげる。

「社員の成績をつける仕事さね」

「人を評価するってことっすか？」

琉平が口をとがらす。

比嘉は苦虫《にがむし》をかみつぶしたような顔になってうなずき、

「人に点数をつけるというのがよくわからんわけ。口先ではうまいこと言うけど、評価なんて上司と人事担当の気分次第だからよぅ。基準なんかない。単なる好き嫌いさねぇ」

かつて大学の研究室で万年《まんねん》助手だったマスターが静かにうなずき、

「大学も似たりよったりでしたよ」

と、グラスに息を吹きかけ、キュキュッとみがいた。

「結局、人間、感情の動物ですからね」

そう言って、比嘉はテキーラをひとくち含《ふく》んで、舌をしめらせ、

「人事部時代いちばん勉強になったのは、新しいプロジェクト・チームを作るときに、そ

のチームメンバーを選ぶ――その選び方やったよ」とつづけた。

「誰《だれ》と誰を組み合わせるか、ということですか？」

マスターが、グラスをみがくクロスをカウンターにそっと置いてたずねた。

比嘉はひとつうなずき、

「それぞれの個性を頭ん中に入れ、互《たが》いの相性《あいしょう》や反発を考え合わせてメンバーを選ぶわけさ。経験豊かな人事部長は『組み合わせを決めたら、もう仕事の成果は決まったようなもんだ』ってよく言ってたね。でも、不思議とその通りの結果が出てたよ」

「組み合わせ如何《いかん》で、結果が決まる……」

マスターが考え深そうに腕を組む。

「なんだか新しいカクテルをつくるときみたいっすね」

と琉平がうれしそうに身を乗り出した。

「『組み合わせのマジック』を学べたのは上等《じょうとう》やったよ。いまのプロデューサーの仕事にとっても役立ってるさね」

「……？」

マスターが小首《こくび》をかしげて、比嘉を見つめた。

「デザイナーを誰にするか、コピーライターを誰にするか、写真を誰にするか――それを決めた時点で、もうクリエイティブの出来《でき》は決まったようなもんなんです」

　比嘉が言うと、なるほど、とマスターはうなずき、

「カクテルのレシピを決めるのと同じですね」

「プロデューサーの仕事はキャスティングに尽《つ》きます。広告を実際に作るのはクリエイターだけど、彼らにやる気になってもらい、ベストの力を出してもらえるように環境《かんきょう》を整えるのもプロデューサーの役目やっさ」と比嘉。

「カクテルのレシピ、お酒の混ぜ具合を考えるには、それぞれのお酒の性格を知っていないと無理です。それと同じように、きっとキャスティングも『ひとを見る眼《め》』ですね」

「プロデューサーは洞察力《どうさつりょく》だけさぁ」

　比嘉が真剣なまなざしになって言うと、

「ひとにやる気をおこさせる力も大事っすよ。いくらぼくが面白いレシピを考えても、あんまり褒《ほ》められないと、やる気が出ないっす。そうすると、いいカクテル生まれませんもん。ね、マスター?」

　琉平がちょっと茶化《ちゃか》しながら言うと、マスターは微苦笑《びくしょう》して、

「琉平クンのカクテルのレシピと味を見て、それに見合ったグラスやデコレーションを一緒に考え、値段も決めて、さらにおいしいカクテルに仕上げるんですよ」

「それが、一流のプロデューサーの仕事ですよね？」

と比嘉がうれしそうな顔になり、テキーラでのどを少し潤《うるお》してつづけた。

「ウイスキーのブレンダーもプロデューサーだし、子どもを育てる親もプロデューサー。本屋さんの書棚《しょだな》にどんな本を置くかを考える書店員もプロデューサーですよね。いろんなものを組み合わせ、混ぜ合わせ、トータルにものを作っていくわけさ」

琉平が比嘉のことばにこたえるように、

「でもマスターは、ぼくがレシピを考えたカクテルをきっちり監修《かんしゅう》してくれたにもかかわらず、『自分がつくった』とは絶対に言わないっす。『琉平がつくった』と言ってくれるんです」

「そこが名プロデューサーたる所以《ゆえん》さ」

比嘉が何気なく褒めると、マスターはちょっとはにかみながら、

「秘すれば花……ですか」

ぼそっとつぶやいた。

*　*　*

人事部で二年働いた後、希望どおり宣伝部にうつった比嘉《ひが》は、当初はイベント担当だっ

たが、やがて制作課《せいさくか》のCMプロデューサーになった。

宣伝方針に沿ってコンセプトを決め、企画を考え、制作スタッフを編成して実際にクリエイティブをつくる仕事である。

子どものころイジメを受け、遊び相手のいなかった比嘉は、テレビを観《み》ることでどれほど孤独《こどく》の底なし沼から救われたかしれなかった。

番組よりもCMが好きで、とくにスターライトの明るくお洒落《しゃれ》なコマーシャルが好きだった。

地元の広告は素人《しろうと》っぽく、どこか抜けていて、それはそれで好きだったが、スターライトの宣伝は飛びぬけて都会的で、当時からその広告世界に憧《あこが》れていた。

そんなCMの仕事に実際にたずさわれるなんて、夢のようだった。

ここバー・リバーサイドには、宣伝部に異動してすぐに先輩に連れてきてもらい、マスターや同郷《どうきょう》の琉平と気が合って、通いつめるようになったのだ。

そのとき、ギギッと扉のきしむ音がして、馴染《なじ》み客の森茂幸《もりしげゆき》が入ってきた。

カウンターに比嘉の姿をみとめると、

「おっ。昨夜《ゆうべ》は大丈夫だった？」

ひやかすように声をかけてきた。

スツールにすわったまま振り向いた比嘉が、

「いや、お恥ずかしい……」

と言って、ちょっと首をすくめる。

森はとなりの席に腰をおろすと、

「最近、ちょっとお疲れだよね。職場環境《しょくばかんきょう》とかあんまり良くないの？」

単刀直入《たんとうちょくにゅう》に比嘉に訊《き》いてきた。

「……」比嘉が少し目を泳がせる。

「やっぱり、そうか……」

琉平からもらったおしぼりで神経質に指の一本一本をぬぐいながら、森がつぶやく。

森は食べものやアウトドア雑誌で記事を書くライターをしているが、かつては銀通《ぎんつう》という大手の広告代理店で働いていた。サラリーマン暮らしが長かったので、このところの比嘉の飲み方にただならぬものを感じていた。

「ジョージさん。お腹《なか》ん中にあるもの、吐き出しちゃったほうがいいっすよ。森さん、こう見えて、酸《す》いも甘いもかみわけた男っす」

琉平がくちばしをはさんだ。

「こう見えて、って余計《よけい》だなあ」

森がムッとして言い返すと、マスターが目だけで笑う。

「すみません。いつもの。ロックで」

品のいい笑《え》みを浮かべて、森がオーダーした。


比嘉はこんどはテキーラのソーダ割りを頼む。

マスターが冷凍庫から再びパトロンのボトルを取りだし、10オンスタンブラーにツーフィンガーほど入れ、冷たいウィルキンソンの炭酸水を注いで、ライムをキュッとしぼり、比嘉の目の前にグラスを滑らせた。

爽やかなシトラスの香りとプチプチ弾《はじ》ける炭酸の音が、心地いい。

琉平が手際《てぎわ》よくトルティーヤ・チップスと緑のワカモレ（アボカドがメインのディップ）をサーブする。

比嘉は透きとおった液体をのどを鳴らして飲むと、コンとグラスを置き、森に向かってくぐもった声で言った。

「じつは……上司と折り合いが悪くて……」

森はロックグラスを引き寄せ、

「上司との関係って、サラリーマンの永遠のテーマだからね」

アイリッシュ・ウイスキーの青草《あおくさ》のような香りをかぎながら、落ち着いた声でこたえる。

比嘉がつづけた。

「ちょうど一年前に宣伝部長が替《か》わったんです。政府広報で働いていた奥田桂子《おくだけいこ》という五十代半ばの女性なんですけど」

「いわゆるエリートの天下《あまくだ》りってやつ？」

森がブラックブッシュをひとくちなめる。

「東大の院を出ているそうです。学歴はすごいけど、机上《きじょう》の空論《くうろん》ばっかり……」

「税金で食べてきたから、モノやサービスを売ってお金をもらうという企業の成り立ちがわかってないんじゃないの？」

「うちは缶ビール一本売ってナンボの世界ですからね。コンビニチェーンの小生意気《こなまいき》な仕入れ担当や酒屋の意地悪《いじわる》オヤジに頭を下げるのがフツーの日常なんです。でも、奥田部長は、ペーパーで数字だけ読んで酒の世界を知ったつもりになっている」

「困ったひとだなあ。自分の給料がいったいどこから出てくるのか――そこんところが、いまいちわかっていないんだね」

比嘉の会社では去年の春に大々的《だいだいてき》な人事異動があった。

まずは、トップが替《か》わった。

スターライトは星《ほし》一族の同族経営だが、星家に後継者《こうけいしゃ》がまだ育っていないので、外部から経営者をよんだのだ。

三友《みつとも》商事出身で大手コンビニチェーン「ホット・ボス」の社長をしていた酒井忠隆《さかいただたか》という人物で、ハーバード・ビジネス・スクールを卒業している。

アメリカの最先端理論を学び、売上げが低迷《ていめい》していたコンビニ・チェーンをみごと復活させ、「プロ経営者」ともてはやされていたが、酒井社長の根本《こんぽん》にあるのは、スターライトがたいせつにしてきた日本的な「こころの商《あきな》い」とは正反対の、「論理《ロジック》と効率」のビジネス哲学《てつがく》だった。

ただ、酒井社長は酒がイメージ商品であり、スターライトにとって宣伝が大切であることもじゅうぶん承知していた。

しかし、従来のやり方では時代に適応できないと考え、大学の後輩である奥田桂子を宣伝部長に招いたのだ。

比嘉はその奥田がどうにも苦手《にがて》だった。

「デスクに向かって仕事していて、何か気配《けはい》がするなって後ろを振り向くと、部長がいるわけさぁ。まるで幽霊《ゆうれい》みたいに音をたてずに歩くわけさね。五十半ばなのに、髪の毛くるくるカールさせて、ひざの見えるレースひらひらのスカートはいてさ、足もとは編み上げブーツ。いわゆるガーリースタイルなわけ。自分じゃ、イケてるつもりさね」

と首をかしげる。

「宣伝部長のくせに、すっごいセンスっすね」

琉平が笑いながら言う。

「デスクのペン立てには、ひこにゃんシャーペンとか、ささってるわけさ」と比嘉。

「『永遠の不思議《ふしぎ》ちゃん』でいたいんじゃないっすか?」

調子づいた琉平が言う。

「お酒もぜんぜん飲まんからねぇ。わんみたいな酔っぱらい、一番嫌われるわけさ」

奥田部長は、就任早々、CMの注目度を高めるために、これからはタレント広告に限ると宣言した。

「とにかく一般大衆には、わかりやすい広告がいちばんなんです」

部長が能面《のうめん》のような顔で「一般大衆」という言葉を使うと、血のかよった人間をいかにも釘《くぎ》やネジのようなモノとして扱《あつか》っているようで、比嘉は背すじがぞわっとした。

「代理店から『好きなタレント調査』の数字をもらって、上位一位から五位以内のタレントを使いなさい」

と会議の席で部員に言いわたしたが、比嘉は部長の意見に真《ま》っ向《こう》から反論した。

比嘉はスターライトの製品のなかでも、アルコール度数の高いハードリカーのＣＭを長く担当している。

「ハードリカーはタレントに頼るより、しっとりとした情感《じょうかん》にうったえていくほうが適切だと思うのですが」

「いえ。タレント広告は圧倒的にインパクトがあるんです」

部長は経験豊かな比嘉に対して、釈迦《しゃか》に説法《せっぽう》するような調子で傲慢《ごうまん》に話をし、そんなことも知らないのかと小馬鹿《こばか》にした笑いを浮かべた。

比嘉はムッとしながらも、自《みずか》らをおさえ、

「おとなに向けたＣＭにはタレントに頼らない内容の深さが必要だと思うんです」

と、さらにうったえた。

しかし部長は眉ひとつ動かさず、比嘉の言葉にまったく耳を貸《か》そうとしなかった。

その姿を見て、比嘉はすこし譲歩《じょうほ》し、シブイ大人《おとな》の男優を使うのはどうかと汗をかきかき粘りづよく提案してみたが、

「中高年層はハードリカーに対して、すでに親しみがあるんです。まだ馴染《なじ》みのない若年《じゃくねん》層《そう》に絞りこんでキャンペーンを打つべきですね」

と部長はぶあつい資料をめくりながら、落ち着きはらって反論した。

二人のやりとりを見ていたほとんどの宣伝部員は、こころのなかで比嘉を指さし、

「あのひと、なに熱くなってんの？」

と、しらーっとした視線を送ってよこした。

「ジョージさん。完璧《かんぺき》に浮いてたんじゃないっすか？」

琉平が心配そうに眉《まゆ》をくもらせた。

「まさにドン・キホーテの気分やった。きっと滑稽《こっけい》だったはずよ。奥田部長が来てから、宣伝部の雰囲気《ふんいき》はあきらかに変わったさ。スターライトはこんなぼくでものびのびやってこられた会社だったのにね。ガイジンも多いから、顔かたちのことも全然気にならんかったし、やっと居場所が見つかったと思っていたんだけど……」

比嘉が肩を落として言うと、森がすかさず、

「空気を読むのがうまくなきゃ、組織《そしき》じゃ生きていけないからね」

「でも……あまりに変《か》わり身《み》が早いさぁ」

比嘉が目を伏《ふ》せる。

「いまの世の中、そういう人が出世《しゅっせ》するんだよ」

冷静に、森が言う。

比嘉の頭の中に、目をかけてきた後輩二人の姿が浮かんできた。

彼らは会議でひとことも意見を言わず、良《い》い子チャンになって唯唯諾諾《いいだくだく》と奥田部長に従っていた。

先週飲んだときは、部長のやり方はおかしいと盛《さか》んに毒づいていたくせに……。

上司に盾《たて》つかずテキトーにやり過ごせば、サラリーマン生活を無難《ぶなん》にまっとうできると思っているのだろうか？

プロデューサーとは名ばかりで、実際はクリエイティブな仕事などできず、ただ大きな組織にぶら下がっているだけじゃないか……。

「そういう風見鶏《かざみどり》はどこの会社にも掃《は》いて捨てるほどいるからね。気にしない、気にしない。それこそウチナーのテーゲー精神でいけばいいんだよ」

元サラリーマンの森は比嘉の気持ちを軽くしようと、あえて明るく言ったが、比嘉は、子どもの頃からなじんだ孤独の影が再び覆《おお》いかぶさってくるような気がしていた。

制作を急ぐクリエイティブは、ハイボール・キャンペーンのCMだった。

奥田部長は、代理店五社に競合プレゼンをさせ、「人気の女子アイドルグループのメンバー十人がジョッキに入ったハイボールを持ち、キラキラのミニスカートで歌い踊る」という案を選んだ。

高校生か中学生にしか見えない、子どもっぽいアイドルがシャボシャボのハイボールを飲むのである。ほとんど学芸会のノリ。まるで薄い琥珀色《こはくいろ》の炭酸ジュースの宣伝だった。

比嘉は、いままで営々《えいえい》と築きあげてきた伝統あるスターライト・ウイスキーの世界が音たてて崩《くず》れていくように思った。

しかし、皮肉なことに、アイドルグループを使ったコマーシャルは大ヒット。全国でジョッキ・ハイボールは売れに売れ、とうとう商品の供給もままならぬほどになったのである。

奥田部長の「改革」は、宣伝部員の職名《しょくめい》にも及んだ。

ある日の朝礼で、

「今後、担当者全員がプロデューサー、係長はチーフ・プロデューサー、課長はエグゼクティブ・プロデューサーという名前で呼ぶことにいたします」

と発表したのだ。

「プロデューサー」の大安売りだった。

どこかのバス会社で、運転手のことを「サービス・プロバイダー」と呼んでいるのと似たりよったりの、単なる言葉の言い換えだが、横文字《よこもじ》好きの奥田部長は、この「改革」にご満悦《まんえつ》の様子だった。

「スターライトの宣伝部員というだけで、立派なプロデューサーですもの」

おちょぼ口の聞き取れない声で言うと、突き出たあごに梅干し皺《じわ》ができた。

ジョッキ・ハイボール・キャンペーンの成功が、さらに奥田を調子づかせたのである。

「わたしのことは、スーパー・エグゼクティブ・プロデューサー、略《りゃく》して、S・E・Pと呼んでちょうだいね」

朝礼を終えた奥田部長はピンク色のフレアースカートをひるがえし、薄っぺらな上半身をまったく動かさず、音もなく亡霊のように歩み去った。

＊　＊　＊

「広告のプロデューサーって、いったいどんな仕事をするんです?」

琉平が身を乗りだして、森と比嘉を見くらべながら、真剣《しんけん》なまなざしで訊いてきた。

ひとことで言うのは難しいんだけど……と前置きして森が口を開く。

「宣伝費を管理しつつ、企画をつくり、クリエイティブ・チームを率《ひき》いて、メディア・ミックスもやる。そういう宣伝プランを統括《とうかつ》するリーダーのことだろうね」

森のことばを引き取った比嘉が、

「けっこうあいまいに使っているから、誰だってプロデューサーと名乗れるさぁ。名刺にプロデューサーって刷《す》ってあると、なんかカッコいいでしょ？　だから自称プロデューサーが増えてるわけさぁ。奥田部長はそこに目をつけて、部員の歓心《かんしん》を買おうとしたんだ」

なるほどそういうことか、と琉平が納得のいく顔になった。

比嘉が、もうひとつ大事なことがあったよ、と言って、

「スタッフから信頼されんと、いいもんは生まれんさぁ」

琉平は何度もうなずき、

「マスターもぼくから信頼されていないと、バー・リバーサイドはうまく回っていきませんもんね」

胸を張ってエラソーにこたえた。

じつは、比嘉は昨日の昼間、奥田部長から担当異動《たんとういどう》の件を告げられていた。ハードリカーのCMについて自分の意見を曲げず、歯に衣《きぬ》着せずにものをいう比嘉を、

部長のほうでも以前から苦々《にがにが》しく思っていた。比嘉は中堅《ちゅうけん》社員で優秀《ゆうしゅう》な実績もあるし、社内で影響力《えいきょうりょく》もあった。

追い風にのる奥田部長は、いまこそ鬱陶《うっとう》しい比嘉を替《か》えるチャンスだと思い、サプリメントなど健康食品の担当に異動してもらいたい、と言ってきたのである。

「実力のあるあなたには、上《あ》げ潮《しお》ムードの製品を担《にな》ってもらいたいのよ」

廊下ですれ違ったとき、つくり笑いを浮かべた奥田部長が、まるでいま思い出したというふうに異動の内示《ないじ》をしたのである。

立ちばなしで人事のことを言うのか……。

比嘉はその非情さにあきれ、はらわたが煮《に》えくり返った。

持って行きようのない憤懣《ふんまん》が、昨夜の乱酔《らんすい》になってしまったのだ。

比嘉はトルティーヤ・チップスにワカモレをつけて口にはこび、グラスに残っていたテキーラ&ソーダを飲みほすと、

「じゃ、テキーラを使ったカクテルで……コンチータ、お願いします」

と声をかける。

「かしこまりました」

琉平がこたえ、グレープフルーツとレモンをその場でしぼり、生ジュースをつくりはじ

めた。

そしてシェイカーを取り出すと、テキーラ、グレープフルーツ・ジュース、レモン・ジュースをそれぞれメジャーカップで量《はか》って入れ、氷をつめて、すぐさまシェイクに取りかかる。

シャカシャカ、シャカシャカ。

最初はゆっくりと、次第に調子をあげ、軽やかなリズムで琉平がシェイカーを振る。

耳に心地良い音を聴きながら、おいしいカクテルの条件には「音」も加わるんだ、と比嘉はあらためて思う。

わん（おれ）はおふくろの店でバイトしたとき、どうしてもシェイカーをうまく振れんかった。

琉平は細かい霧の吹いたシェイカーのトップをはずし、乳白色《にゅうはくしょく》の液体をカクテルグラスに最後の一滴まで注いだ。ちょうど液体はグラスの縁《ふち》のところで表面張力《ひょうめんちょうりょく》いっぱいにふくれ、見るからに美味《うま》そうだ。

琉平がグラスの脚をもって、比嘉の目の前にそっと置く。

比嘉は、口のほうからグラスに持っていき、ひとくちすする。

グレープフルーツのやわらかな甘酸《あまず》っぱさとレモンの鋭い酸味がうまく溶けあい、テキーラの土の香りと絶妙に混じり合っている。

比嘉は、しばし憂鬱《ゆううつ》を忘れ、コンチータの味と香りを楽しんだ。

バー・リバーサイドの横長《よこなが》の窓からは、すみれ色の夕空が見えている。

マスターが振りかえって、濃い紫色《むらさきいろ》のシルエットになった富士山《ふじさん》と手前の丹沢《たんざわ》の山並《やまな》みを見つめ、

「ひかりはもう春ですね」と言う。

折《おり》からの風が河川敷の土を、また煙のように巻き上げていった。

マスターが再び、

「『きょう一日《ひとひ》また金の風』という詩がありました」

「『早春《そうしゅん》の風』というタイトルでしたっけ」比嘉がうけると、

「ジョージさん。けっこう物知《ものし》りじゃないですか」

琉平がからかいながら、クラッカーの上にブルーチーズとレモンを載《の》せ、オリーブオイルを垂らしたおつまみをカウンターに置いた。

＊　＊　＊

「これ、コンチータにとっても合ってるよ。お酒に合わせておつまみを考えるのも、一種

のプロデュースさぁね」

比嘉が満足げにうなずいた。

甘酸っぱいカクテルとレモンを載せたブルーチーズのテイストが通じ合い、おいしさが倍音《ばいおん》のようになって、幅《はば》と奥行きを生んでいた。

グラスの脚をもった比嘉が、淡いミルク色の液体をつくづくとながめ、

「テキーラって不思議な酒ですよね」

感じ入《い》る調子で言ったので、思わずマスターが比嘉に目を向けた。

「カクテルになっても、自分の土《つち》くさい持ち味、忘れんさぁ」

歌うように比嘉がいう。

何かひらめいたように、マスターの顔がパッと明るくなって、

「カクテルベースになるホワイト・スピリッツは、酒仲間のプロデューサーと言っていいかもしれませんね」

「……？」比嘉が首をかしげた。

「それぞれのカクテルに、しっかり自分のいろをつけ、下支《したざさ》えしているんです」

マスターが一語一語たしかめるようにいう。

たしかにそうかも、と琉平は目を輝かせ、

「テキーラ・ベースのカクテルって、みんなテキーラの青くて土っぽい香りがありますもん。テキーラ独自のいろっていうか、確実にテキーラ印《じるし》の判子《はんこ》がポンと押されてますよね」

「プロデュースの仕事は、風や光に近いのかもしれない」

マスターがぼそっと言うと、比嘉、森、琉平の三人は思わずマスターの顔を見つめた。

「で、そのこころは？」

琉平がおどけて訊《き》く。

「『はたらき』はあるけど、目には見えない」

マスターがやわらかい声でこたえた。

「地下水や伏流水《ふくりゅうすい》のようですね」

そうつぶやいて、すでに氷が溶けて薄くなったブラックブッシュのグラスを持ちあげながら、森がうなずいた。

＊　＊　＊

バー・リバーサイドの横長《よこなが》の窓から見える山並みはすでに影絵《かげえ》のようになり、山ぎわは深い茜色《あかねいろ》に染まっている。

空にはひと刷《は》きしたように朱色《しゅいろ》の雲が残っていたが、天頂《てんちょう》にいくにつれ、紫《むらさき》から紺青《こんじょう》へグラデーションになっていた。空のいろを映し、多摩川は透きとおったブルーをたたえて、ゆったりとくねっていた。

「この川はとてもおだやかに見えますが、ときとして暴《あば》れ川《がわ》になるんです。おもしろいことに右岸《うがん》と左岸《さがん》には、宇奈根《うなね》や等々力《とどろき》という同じ名前の土地があります。というのも、川が蛇行《だこう》を繰り返して氾濫《はんらん》をおこし、そのたびに流れが変わり、村が分かたれたからなんです。でもね、洪水《こうずい》によって、周《まわ》りの土地に栄養を行き渡らせることもできたんです」

「暴れるのも、悪いことばかりじゃないわけか……」

比嘉がマスターのことばに相づちを打った。

マスターは一つうなずいて、つづけた。

「室町《むろまち》時代、能楽師《のうがくし》でもあり偉大なプロデューサーでもあった世阿弥《ぜあみ》が『住《じゅう》する所《ところ》なきを、まず花と知るべし』と言っています」

「まーた、カッコつけちゃってぇ。言ってること、ぜーんぜん、わかんないっす。マスター、それ、いったいどういう意味なんすかぁ?」

琉平が口をとがらせ、からだぜんたいを斜《なな》めにした。

「そこに留《とど》まることなく変化せよ、ということだよ」

　マスターがおだやかにこたえる。

「たしかに、川の流れは、変りつづけているさぁ」

　比嘉がことばの意味をかみしめるように言う。

「ジョージさん。よかったっすねぇ。暴れ川になってお酒飲んで乱れるのも大切なんすよ」

　琉平が、比嘉をあかるく茶化した。

「ぼくだって今日みたいにおだやかな川のときもあるわけさね」

　比嘉が言いかえす。

「『流れる』とは『しがみつかない』こと。だから、比嘉さん。ハードリカーの宣伝に固《こ》執《しつ》しないほうがいいですよ。自分が得意で上手《じょうず》だと思うことばかりやっていると、『たましい』が抜けて、上滑《うわすべ》りになる。今度の異動で、新しい流れが生まれたと思えばいいんです。健康食品の宣伝という川に身をまかせることですね。きっと、いままでの自分を客観的にながめられるようになりますよ。そう、世阿弥は『離《り》見《けん》の見《けん》』という言葉も残《のこ》しています」

　とマスターが落ち着いたトーンで言った。

はじめて聞く言葉に、比嘉が首をひねる。

「比嘉さんはご自身の後《うし》ろ姿、見たことないでしょう?」

「え、ええ……」

「『離見の見』とは、自分を離れて自分の姿を、前後、左右、上下からようく見つめることと。とうぜん後ろ姿も見るのです。きっと新しい仕事をはじめると、ハードリカーの宣伝しか知らなかった自分を冷静に見つめられますよ。そうすれば、プロデューサーとして、もう一段上に行けるんじゃないですか」

森がマスターの言葉を引き取って、

「いま健康食品の宣伝って、だいたいが説明的でダサいけど、それは比嘉さんにとってチャンスってことだよ。これまで培《つちか》ったセンスやノウハウを活《い》かして、斬新《ざんしん》なクリエイティブが作れるってことだもの。伏流水《ふくりゅうすい》だった流れを、光の中できらきら流れるようにすればいい」

マスターはバックバーに居並《いなら》ぶボトルたちを眺《なが》めわたしていたが、

「さ、このテキーラ、飲みましょう。風とひかりの日はテキーラ日和《びより》です」

細長く丸い瓶を取りだしてきた。

マスターの手のひらのなかで赤みを帯《お》びた琥珀色《こはくいろ》の液体がゆらりと揺れる。

ボトルの中に入ったサボテン形のガラス細工《ざいく》が可愛《かわい》い。

「テキーラなのに、透きとおっていないさぁね？」

比嘉がボトルの中の液体を見て、驚いた。

「熟成5年以上ですよ」

言いながら、琉平がグラスを四つ用意し、氷を入れる。

マスターがボトルを傾け、氷の上からゆっくりとテキーラを注ぐ。

液体が氷にふれると、ピシッ、ピシッと、何かがはじまるような音がたった。

マスターがまずグラスを上げ、

「ひかりの春に」

と言うと、ほかの三人もグラスを上げた。

竜舌蘭《りゅうぜつらん》の甘い精《せい》からできた酒は、まるで乾いた砂地《すなじ》に水が染《し》みていくように、すーっとからだに入っていく。

テキーラとは思えぬほど味が円《まる》い。コニャックのようにやわらかい液体だ。

しかしアフターテイストは、青く尖《とが》った植物と土の香りがした。

おだやかに熟成したように見えて、テキーラ本来の武骨《ぶこつ》なたましいを忘れずにもっているのだ。

比嘉はその香りを見つけ、なんだかうれしくなって、

「このテキーラ。竜舌蘭のトゲ、まだ忘れておらんよ」

とにっこりした。

マスターも顔をほころばせ、

「トゲは大事です。周りとの違和感《いわかん》は大切です。トゲと違和感さえ忘れなければ、これから、また、ひかりの土地にたどり着けますよ」

比嘉がグラスをあげると、上から射《さ》しこむピンライトに、液体が茜色《あかねいろ》にきらめいた。

それは、さっき窓から見た、夕空に光る雲のいろだった。

空はさくら色

Bar Riverside

「バー・リバーサイド」のマスター・川原草太《かわはらそうた》は渋谷《しぶや》駅の階段を駆《か》け下り、なんとか出発まぎわの中央林間《ちゅうおうりんかん》行きに飛び乗った。

息をはずませながら、額《ひたい》ににじんだ汗を、手の甲でぬぐう。

早春《そうしゅん》とはいえ、車内は厚手のコートやダウンジャケットで着ぶくれた人たちでけっこう混み合っていた。

必要以上に暖房されているので、後からあとから汗《あせ》が出てくる。

邪魔《じゃま》にならぬよう、川原はデイパックを胸の前にまわして抱《だ》くようにして持った。

中には渋谷のレコード屋で見つけたソウルやブルーズのアルバムが数枚入っている。

どうしても買いたいCDがあって、わざわざブラックミュージック専門店まで買いに行ったのだ。

バンダナを取り出して汗をふいた。

ボビー・ウーマックの音を楽しみにしながら電車に揺《ゆ》られていると、池尻大橋《いけじりおおはし》の駅に着く寸前《すんぜん》、ブレーキが強くかかって電車がガクガクッとした。

吊《つ》り革を握《にぎ》っていなかったので、おもわず足もとがふらつき、倒《たお》れそうになる。

最近は運転の下手《へた》なやつが多いなあ。

子どものころから電車好きだった川原は、よく運転席の後ろに立っては、運転士《うんてんし》のハンドルさばきや指さし確認に見入っていた。おとなになったら電車の運転士になりたい、とあこがれていたのだ。

いったいどんなやつが運転してるんだ？

そう思って、車内のひとをかき分けるようにして、川原は運転席の近くまで移動した。

と、制服姿の年輩《ねんぱい》の男が運転席の真ん中で仁王《におう》立《だ》ちし、その左よこに、いかにも華奢《きゃしゃ》なからだつきの運転士が濃紺《のうこん》の制帽《せいぼう》をかぶり、髪《かみ》をポニーテールにまとめ、背すじをまっすぐにしてちょこんと座《すわ》っている。

運転士は女性だ。

後ろ姿しか見えないが、熟練《じゅくれん》の先輩が若い運転士を指導しているピンと張りつめた空気がひしひしと伝わってくる。

運転士の横顔をよく見ようと、首を伸ばして、おどろいた。

空《そら》ちゃんじゃないか……。

空ちゃんこと水沢《みずさわ》空は、川原の小学校時代の同級生の娘で、バー・リバーサイドのすぐ近くに住んでいる。ときどき店にやってきては、鉄道好きの川原マスターと電車の話題で盛《も》りあがるのである。

空は短大を出てから、鉄道会社に就職し、駅員から車掌《しゃしょう》になり、昨年、社内の登用試験《とうようしけん》に合格。その後、運転士になるための訓練を受けていると聞いていた。

店で見せる屈託《くったく》のない笑顔からは想像できない緊張《きんちょう》した面《おも》もちに、まるで別人を見る思いがして、マスターは口のなかで小さく「がんばれよ」とつぶやいた。

電車は池尻大橋をスムーズに発車。

その後、三軒茶屋《さんげんぢゃや》、駒沢大学《こまざわだいがく》、桜新町《さくらしんまち》、用賀《ようが》……と問題なく進んでいった。

マスターはまるで自分が運転しているかのように、手に汗にぎりながら、運転席とその向こうに続く暗いトンネルを見つめていた。

地下からのスロープを上がり、ゆるいカーブを描《えが》いて、電車が二子《ふたこ》玉川《たまがわ》駅に滑《すべ》りこもうとすると、運転席から、空《そら》を叱《しか》りつける先輩の声がひびいてきた。

空が、大きなT字《じ》型《がた》をしたハンドルをぐーっと向こう側に倒《たお》した。

滑《なめ》らかに走っていた電車が、ガクガクッと急減速《きゅうげんそく》していく。

このスピードでは停車位置よりも手前に止まってしまうかもしれない。

しろうとのマスターですら、そう思った。

先輩運転士が白い手袋の指先をレールの先に向けて、また何か言う。

その背中からは強いいらだちが伝わってくる。

空はハンドルを小刻《こきざ》みに前後に動かし、スピードを微妙《びみょう》に調節した。

電車はゆるゆると進んでいったが、キリッと止まることなく停止線を越え、多摩川《たまがわ》の上に突き出たプラットホームを五メートルほど飛び出して、ようやく止まった。

あちゃー……。

車内から聞こえる溜《た》め息《いき》とブーイングで、マスターの全身から再び汗が噴《ふ》き出してきた。

運転席にいる空のからだはさらに小さくなって、石のように固まっていた。

＊　＊　＊

沈丁花《じんちょうげ》の季節もおわり、桜《さくら》のつぼみが膨《ふく》らみはじめた夕暮れのこと。

バー・リバーサイドの重い木製扉《とびら》が開いて、水沢空が顔をだし、ぺこりと頭をさげた。

肩より少し長いさらさらヘアーがふんわり揺《ゆ》れる。

マリンブルーのトレンチコートの下は、インディゴブルーのリブ編《あ》みニット。ダンガリーシャツの襟《えり》がちらっとのぞいている。

カウンターの中で氷を割っていた琉平《りゅうへい》が顔をあげ、

「お、空ちゃん。久しぶり」

頬《ほお》をゆるませ、同年輩《どうねんぱい》のよしみでざっくばらんな口調で言った。

バックバーに並んだボトルの一本一本の位置を整えながら、残量《ざんりょう》を確かめていたマスターが振りかえって、ニコッとした。

「今日は飲んでも大丈夫なの？」

「うん」空は、ちょっと微笑《ほほえ》んでうなずく。

運転士はぜったいに酒気《しゅき》帯《お》び運転はダメだ。乗務前《じょうむまえ》にはアルコール検査が義務づけられている。もちろん空がその検査に引っ掛《か》かったことはない。いつも体調には万全の注意を払っている。

マスターの真ん前《まえ》《ま》にすわった空は、

「運転研修、やっと終わったんだ。明日は特別にお休みなの」

「その研修って、車でいえば、仮免《かりめん》の路上教習《ろじょうきょうしゅう》みたいな感じ？」

琉平がアイスピックを置いて訊《き》いた。

「そうそう。横に教習所の先生みたいな人がずーっと乗って、マン・ツー・マンで教えてくれるんだけど。わたしの指導運転士がけっこう厳しくって、もう、ほんと、たいへん。あさって、やっと最終テストなんだ」

「合格すれば、やっとひとり立ち？」

マスターが訊くと、

「うん」空は少女のような澄《す》んだ目でこたえた。

マスターの脳裏《のうり》に、ひと月ほど前に見た運転席の光景がよみがえった。

あれから、すこしは運転がうまくなったんだろうか？

しかし、そんな気持ちはおくびにも出さず、

「さて。今日、最初は何にする？」

マスターはあかるく訊いた。

「そうだなあ……」

と空はバックバーを見渡し、カウンターに据《す》えられたギネスドラフトのサーバーにもちょっと目をとめ、

「なんだかのど渇《かわ》いちゃった。ビールとかスプマンテとか……シュワシュワ系がいいな」

じゃあ、と琉平が身を乗り出し、

「このまえマスターがベルギーに行ってきてね。とっても気に入ったサクランボのビールがあるんだけど、飲みません？　ちょうど今日、酒屋さんから入ったばっかり」

「へえ、サクランボのビール？　はじめて聞くなぁ」

空がうれしそうな顔をした。

「ベルギーにはいっぱいフルーツビールがあるんだよ」マスターが言う。

「サクランボ以外にも、イチゴや青リンゴ、カシスとか、バナナビールもあるんだって。そんなバナナー。なあんちゃってぇ」

琉平がつまらないオヤジギャグをひとりで言って、はは、とかわいた笑い声をたてる。

マスターと空はおもわず顔を見合わせ、首をかしげた。

マスターは冷蔵庫からカンティヨン・クリークというベルギー・ビールを取り出した。ほっそりとしたボトルから、円《まる》みを帯びた脚《あし》つきグラスにゆっくりと注《そそ》いでいく。きめ細かい泡はピンク色。液体は明るいルビーレッドに輝いている。

注いだ瞬間《しゅんかん》、グラスからはフレッシュなチェリーの香りが立ちのぼり、カウンターのこちら側にもふんわり漂《ただよ》いだしてきた。

「うーん。いい香り。色もとっても可愛《かわい》いよね」

おもわず空はサクランボのビールに見とれた。

「こちら、おつまみにどうぞ」

琉平が、サワークリームのかかったブロッコリーに薄《うす》いバゲットを数切れ添《そ》えて、サーブする。

ビールの赤とブロッコリーの緑、サワークリームの白の組み合わせが美しい。

ちょっと疲《つか》れがたまっていた空だったが、ひとくちカンティヨン・クリークを飲むと、パッと目が開いた。

「これ、おいしい！　サクランボの甘さとすっきりした酸《す》っぱさが絶妙《ぜつみょう》！　なんだかクランベリージュースをビールにしたみたいだね」

マスターは、口《くち》の端《はし》で微笑むと、カクテルグラスをやさしく磨《みが》きはじめた。

「今夜、バー・リバーサイドでの発車はオーライ？」

琉平がおどけて訊くと、空は右手の人差し指をあげて、前方《ぜんぽう》をさし、

「しゅっぱーつ、進行っ！」

明るく言った。

「でも、電車を寸秒《すんびょう》の狂いなく時刻どおり運転して、しかも、きっちり停止位置でとめるのって、すごいことだよね」

マスターがしみじみ言うと、空が、

「十両編成で、だいたい二千人くらい乗ってるの。だから責任重大《せきにんじゅうだい》なんだ」

「ひとくちに二千人っていうけど、それってほとんど渋谷《しぶや》公会堂《こうかいどう》とかオーチャードホール

のキャパじゃん」琉平が目をまるくした。

「そう考えると、小柄《こがら》な空ちゃんがなんだか大きく見えてくるなあ」

マスターがあらためて賛嘆《さんたん》の声をあげる。

「運転席にはじめて座ったとき、緊張して手も膝《ひざ》もふるえたもん。運転シミュレーターで訓練しているときとは、もう、ぜんぜん違ったよ」

と空がいうと、

「リアルな現実はきびしいよね」

マスターは、運転席で小さくかたまっていた彼女を思いやって、やさしくうなずいた。

「うん。ノッチ（アクセル）入れて、電車がグッと動きだした瞬間って、すっごい感動だったよ。『おっ。ほんとに動いたっ！』って」

カウンターの向こうで、マスターも琉平も相づちを打って聞いていたが、

「空ちゃん、そもそも、どうして運転士になろうと思ったんだい？　ちっちゃい頃から、電車、好きだったっけ？」

とマスターが訊いた。

空はサクランボのビールをひとくち飲み、舌をしめらせ、グラスを静かに置くと、遠い目をして、おもむろに口を開いた。

「きっと、さくらと出会ったからかな……」

＊　＊　＊

水沢空が小学校五年生になった春、一人の少女が転校してきて、同じクラスになった。

少女の名前は、森川《もりかわ》さくら。

きりっとした目《め》鼻《はな》立《だ》ちをして、髪はボーイッシュなウルフカット。デニムのショートパンツに、ハイソックス、ハイカットのバスケットシューズをはきこなしていた。

転校生はふつうは、いじめられることが多いけれど、さくらは別だった。

勉強はまあまあだったが、運動神経が抜群《ばつぐん》だった。

かけっこが早く、鉄棒《てつぼう》も跳《と》び箱《ばこ》も得意。サッカーやソフトボールなどの球技は男子顔負けのうまさだった。

マンガを描《か》くのもうまく、先生や同級生の似顔絵《にがおえ》をササッと描いてはみんなを笑わせた。

胸がふくらんだり、生理がはじまったりと、周りではおとなになりはじめる女子が多いなか、さくらは男子を従えて、河原や田んぼを少年のようなからだで駆け回っていた。

独特のオーラを放《はな》つさくらは、一躍《いちやく》クラスの人気者になったのだった。

いっぽう空は、勉強はクラスでナンバーワンの優等生だったが、からっきし運動がダメ。

けっして明るい性格でもなく、運動会や学芸会でも、どちらかというと、すみっこで静かにしているタイプだった。

唯一《ゆいいつ》、本を読むのが好きで図書委員《としょいいん》をしていた。図書室にこもっては、『秘密《ひみつ》の花園』や『小公女《しょうこうじょ》』を読んで、ボーッと夢見《ゆめみ》がちに過ごすことが多かった。

そして、四月半ばの放課後のこと——。

いつものように図書室で、空が『十五少年 漂流記《ひょうりゅうき》』を読んでいると、さくらが一人でふらりと部屋に入ってきたのだった。

ポプラの葉むらを透《す》かした光で、図書室は明るいみどり色に染《そ》まっていた。

熱心に本を読んでいる空に向かって、さくらが声をかけてきた。

「あ、空ちゃんだ」

空は、気恥《きは》ずかしくて、とっさになにも反応《はんのう》できなかった。

小さいころから人見知りで、親しくない人とは気さくにしゃべることができない。からだが固くなってしまうのだ。

頬《ほお》が熱をもっていくのだけがわかる。赤くなるのが恥ずかしい、と思えば思うほど、顔を上げられなくなるのだ。

それに、さくらは、空にはまぶしいくらいの存在感《そんざいかん》があった。

さくらは、そんな空の気配《けはい》を察《さっ》して、

「ねえねえ。図書室に鉄道図鑑《ずかん》ってないのかなあ」

さりげなく声をかけてきた。


「『女子《じょし》なのに鉄道好きなんて、変わった子だなあ』って、ちょっとびっくりしたの」

ルビーレッドに輝くグラスをもって、空がいう。

「今は鉄子《てつこ》も珍《めずら》しくないけど、当時はそういう女子って少なかったでしょ?」

と琉平が訊くと、空はうなずき、

「でも、図書委員としては、生徒が探しに来た本を見つけなくちゃなんないから、図鑑コーナーに彼女を連れていったの」

そう言って、サワークリームを塗《ぬ》ったバゲットを頬張《ほおば》ると、サクランボのビールでのどを潤《うるお》した。


「あった、あった、これ、これ」

さくらは、二子玉川を通る東急電車《とうきゅうでんしゃ》の写真が載った図鑑を見つけると、すばやくページをめくりながら、ひとり悦《えつ》に入《い》った。

空もつられて本をのぞき込む。

と、アマガエルのような緑色をした電車や先頭の頭の部分がつるんとマッコウクジラみたいな顔をしたステンレスカー、かつて玉川通《たまがわどお》りを走っていた路面《ろめん》電車などが目にとびこんできた。

むかしの電車にしては斬新《ざんしん》なデザインでスマートな色づかいだったたし、なにより、とても速そうだった。

「このステンレスカー。あたしのお父さんが運転してるんだよ」

銀色に輝《かがや》くステンレスカーの写真を、さくらがうれしそうに指《ゆび》さした。

キャプションのところには、8000系電車と書いてある。

そのページの前にはニューヨーク地下鉄のステンレスカーが載《の》っていて、アメリカの技術を導入《どうにゆう》して、東急の銀色の電車が生まれたと書いてあった。

「ニューヨークと東京ってつながってるんだね」

さくらが、ちょっとおとなびた顔をしていった。

二子玉川とニューヨークがつながってる……。

そう思うと、田んぼと畑が入りまじり、ニッカボッカをはいた建築工事のおじさんたちがコンビニ前でお弁当をかきこみ、夕方になると蝙蝠《こうもり》が飛びかうこの土地も、まんざら捨てたもんじゃないように思えてきた。

さくらは、われを忘れて電車の写真に見入っている。

空は、物事にすぐ熱中できるさくらがなんだか幼いような気もしたし、うらやましくもあった。

「もっと読みたいなら、借《か》りちゃえば？」

と空が言い、本を借りる手続きをしてあげて図書室の鍵《かぎ》を閉め、ふたりで小学校を出た。

さくらの家は多摩川沿いにある駒沢大学のグラウンドのそばだった。

空の家も近くにある。

そのあたりは、かつて「宇奈根《うなね》の渡し」があって、農作業をする人が、対岸の川崎側と小さな舟で往《ゆ》き来《き》をしていたところだ。

河原が大きくひらけた見晴らしのいい土手を、ふたりは長い影をつれて歩いていく。

そよ吹くみどりの風が、頬や二の腕にさらさらと心地《ここち》よかった。

「お父さん、この春から田園都市線《でんえんとしせん》に乗ってるんだ。今日はちょうど二子玉川に十八時三十分に着く長津田《ながつだ》行きの各停《かくてい》なんだ」

とさくらが言う。

六時ではなく十八時――。

そんな言い方がさらりと出てくるさくらがカッコイイなあと、空は思った。

「ねえ。今から、鉄橋を渡る電車、見に行かない?」

さくらがとつぜん誘《さそ》ってきた。

「鉄橋?」

「そう。多摩川にかかる鉄橋」

「田園都市線の?」

「うん。夕暮れのステンレスカーってきれいなんだ。あのゴトンゴトンって音も気持ちいいし」

空に向かってしゃべるさくらの目が、きらきらしている。

たしかに、夜寝るまえ、風にのって聞こえてくる電車の音は、まるで繭《まゆ》の中にいるように、ほんわかと落ちついた気分にさせてくれる。

橋を渡る電車が好きというさくらの気持ちは、空なりにすとんと胸に落ちた。

「あたしね、秘密の場所、見つけたんだ」

ほかには誰《だれ》もいないのに、さくらは声をひそめて言った。

「ひみつの?」

「うん。今日、本を探してくれたお礼に、空ちゃんには教えたげる。ぜったい誰にも言っちゃダメだよ。あたしたちの秘密だよ」

「わかった。約束する」

そうして、ふたりは指切りげんまんをし、ランドセルを背負《せお》うと、多摩川に向かって駆けだしたのだった。

＊　＊　＊

空《そら》のビールグラスは、すでにあいていた。

「こんどは、こちらのお酒、いかがです?」

琉平が言って、バックバーから取り出したのは、どっしりとしたボトルシェイプのチェリー・ヒーリングというリキュール。ボトルのカラーがアメリカンチェリーのように濃《こ》い紅色《くれないいろ》だ。

「デンマーク生まれのリキュールで、サクランボから作られているんです」

「琉平クンのお薦《すす》めの飲み方でもらおうかな」

「じゃあ、辛党《からとう》の空ちゃんには、これでいきましょう」

琉平が10オンスのコリンズグラスに、氷を数個。そこにチェリー・ヒーリング、生レモンジュースをメジャーカップで量《はか》って入れ、超辛口《ちょうからくち》のトニックウォーターで満たし、一回だけステア。スライスレモンを飾って、空の目の前にすっと置いた。

グラスの中の液体は、夕焼け空のような茜色《あかねいろ》になっている。

空が、背の高いグラスを手にとって、ひとくち飲む——。

と、まずサクランボ風味の甘みに包まれ、ほのかにレモンの酸味がめばえ、そのあとトニックウォーターのほどよい苦みが舌のわきをキュッとしめつけてきた。時間の経過とともに甘酸苦《かんさんく》の絶妙のバランスが生まれていた。

空の顔から思わず、笑みがこぼれる。

「二子玉川の夕映《ゆうば》えをあらわしたニコタマ・スリングです」

琉平がちょっと自慢《じまん》げな顔でいう。

「スリング?」空が小首《こくび》をかしげた。

「ドイツ語のシュリンゲン＝飲みこむって言葉から来ているみたいだよ」

マスターが琉平に代《か》わって、言った。

日の光があたったように、空の顔がパッとあかるくなって、

「二子玉《にこたま》の夕焼けを、飲みこむんだね」

と言いつつ、ちょっと遠いまなざしになった。

バー・リバーサイドの窓から見える葦原《あしわら》も、川の向う岸に立ち並ぶ家々《いえいえ》も、みんな透き

とおった茜の色に染まっている。

空は、さくらと初めて土手を歩いたあの黄昏《たそがれ》どきを思い出していた——。


さくらと空は学校を出ると、バス通りをこえ、住宅街をくねくねと抜けた。そうして駒沢大学近くの川の堤《つつみ》を駆けおり、サッカーや野球グラウンドを横切って、岸の近くまでたどり着いたのだった。

日にあたためられた風が、河原の草むらを波のように揺らしては過ぎていった。

自分たちよりずっと背の高い葦《あし》の茂みに入ると、長く伸びた茎《くき》を手ではらいながら、さくらは細い獣道《けものみち》を脇目もふらず川のほとりに向かって歩いていく。

その後《うし》ろから、空は必死でさくらについていった。

蛇《へび》が出てきたらどうしようと怯《おび》えながら、草の海におぼれるようにして進んでいくと、いきなり視界《しかい》が開け、川の真ん中に中州《なかす》があらわれた。

さくらが振りかえって、頰をゆるめ、

「あそこだよ」

短い草のはえた平坦《へいたん》な土地を指《ゆび》さした。

「……?」

「干上《ひあ》がってるから、今日はあの島《しま》に渡れるわ」

さくらは中州のことを島と呼んだ。

運動靴《うんどうぐつ》が泥土《どろつち》で汚れるのも気にせず、ふたりが中州に上陸すると、さくらは下流《かりゅう》にある駅のほうにあごをしゃくって、

「ほら。電車、ようく見えるでしょ」

右手を高々と上げて指さした。

と、その先には、かたむいた透明な光をあび、淡いピンク色に染まった橋がパノラマのように見わたせた。

「ここが、いちばんきれいに電車が見えるとこなんだ」

さくらが両手を腰《こし》にあて、ちょっと鼻を高くしていう。

空は、そんなふうに肩に力を入れてしゃべるさくらを、なんだか可愛《かわい》いなあ、と思った。

わたしとは正反対。でも、だから気が合うのかも……。

きっとわたしたちって凸凹《でこぼこ》コンビなんだ、と何だかほんわかした気持ちになった。

「あたし、ここに引っ越すまえ、東横線《とうよこせん》の大倉山《おおくらやま》に住んでたの。あそこでも鶴見《つるみ》川《がわ》の鉄橋まで行って、父さんの運転する電車を見てたんだ。母さんと一緒にね」

さくらが歌うようにいう。

「どうして橋を渡る電車が好きなの？」

空が訊《き》くと、

「広い川を渡るときって、電車がまるまる見えるじゃん。一所懸命《いっしょけんめい》走ってる電車の姿、ぜーんぶ見えるの好きなんだ。ゴトンゴトンって鳴るレールの音もカッコイイ。やっぱ、走ってる電車が好き。雪の日とか、先頭車両に雪がくっついてたりすると、『がんばって走ってるんだね』って気分になるよ」

たしかに走り過ぎていく電車の姿や音は、とっても凜々《りり》しい。

空の胸に、さくらの言葉がまっすぐ入ってきた。

さくらは二子玉川に引っ越してきて、ひとりで川辺《かわべ》を探検《たんけん》するうちに、この「島」を見つけて上陸したのだという。

中州があるのは空も知っていたが、ひとりでそこに行こうなんて思ったこともなかった。

ふたりで中州の先っちょに立っていると、水の音が右からも左からもさらさらと聞こえてきた。

川の両岸《りょうぎし》には、菜の花が黄色い帯《おび》をあざやかに流している。

さくらは両腕《りょううで》を水平にひろげ、

「ほら。気持ちいいよぉ。なんだか船に乗ってるみたいだよ」

空もさくらの真似《まね》っこをして、おずおずと両腕をひろげる。
と、川風《かわかぜ》がからだをふっと宙に浮かせ、高く広がる夕焼け空にやさしく抱きしめられるような気がした。

そのときヒュルルルという声が聞こえたかと思うと、天頂《てんちょう》にツバメの群れがやってきて、そのうち二羽が急降下すると、ふたりの傍《かたわ》らを追いかけっこしながら、水面すれすれを滑《すべ》るように飛んでいった。

「あたしたちみたいだね！」

さくらが、はずんだ声をだす。

空も思わず、笑顔をこぼした。

二羽のツバメは再びこちらに戻ってくると、小さな首を傾けながらふたりの周《まわ》りをくるっとまわって、天高《てんたか》く駆《か》け上《あ》がっていく。そうして、あっという間に夕焼け空に溶けていった。

「ツバメは冬は水の中で暮らしてるって、母さんの読んでくれた童話に書いてあったよ」

夕映《ゆうば》えを眺めながら、さくらがぽつんと言った。

「渡り鳥、じゃないの？」

「昔のひとはそう思ってなかったんだって」

「秋になるといきなり消えて、春になると突然あらわれるのが不思議《ふしぎ》だったのかな」

と空が言う。

「水の中って、たぶん、あっちの世界じゃないのかな」

「？」

「きっと、ツバメはあの世とこの世を往《い》ったり来たりするんだよ」

ひとり言《ごと》のようにつぶやくと、さくらはミッキーマウスの腕時計《うでどけい》をおもむろに見て、

「そろそろ、父さんの電車がやって来るころだよ」

とささやいた。

しばらく息をひそめて待っていると、鉄橋の左手に突き出たプラットホームに、ステンレスカーが滑りこんできた。

夕日をはね返した銀色の車体は、宝石のようにキラキラ輝いている。

しばらく停車した後、電車は、音もなくするすると駅から走りだした。

薔薇色《ばらいろ》にきらめく光の帯が、淡《あわ》い水色の空を背景に、彼岸《ひがん》と此岸《しがん》をつなぐようにのびていく。中天《ちゅうてん》には一番星が、ダイヤモンドのように硬く光っている。

空は、橋を渡る電車の姿にすっかり魅入《みい》られてしまった。

髪の毛をゆらす風がふんわりとやさしい。

さらさら流れる水の音と、橋を渡る電車の音が、やわらかい眠気《ねむけ》をそそった。

水のにおいが、からだをとろんと包みこんだ。

「じつはね、父さんの電車は長津田《ながつだ》行きなんかじゃないの。もっとずっと遠くまで行くんだよ」

さくらがミツバチの羽音《はおと》のような声でささやいた。

＊　＊　＊

「その夕焼けが、琉平の作ったニコタマ・スリングになっているのかもしれないね」

マスターが空の話を聞いて一つうなずき、カウンターの中からバー・リバーサイドの横《よこ》長《なが》の窓を振りかえった。

河原には青く透きとおった夜の帳《とばり》がおり、川面《かわも》からうっすらと霧《きり》が漂《ただよ》いだしていた。

中州はすでにすっぽりとミルク色におおわれている。

ゆらゆらと揺れながら川に沿って広がる霧は、行方《ゆくえ》しれない水のたましいのようだった。

灯《あか》りのともった電車が、遠い橋の上をゆっくりと渡っていく。

「ずっと遠くまで行くのか……」

マスターはぼそっとつぶやいて、バックバーから自分用のブラックブッシュを取り出し、氷も炭酸水《たんさんすい》も加えず、ロックグラスにトクトクと注いだ。

すると、河原を吹く風のような香りが立ちあがる。

「あ、これ、さくらちゃんと一緒にいたときの水辺のにおい……」

そう言って、空は、あどけない少女のように微笑《ほほえ》んだ。


さくらと空は五年生の春から夏にかけて、ほとんど毎日一緒に遊んだ。

中州に渡って、ふたりで鉄橋を渡る電車を眺めたり、スカンポの酸《す》っぱい茎《くき》の汁を吸ったり、カワセミのブルーとオレンジ色の美しさにうっとりしたりした。

そんなある日、さくらは、中州の草原《くさはら》にひそかにつくった石の祭壇《さいだん》を見せてくれた。

河原の小石を円《まる》く並べて積み上げただけのシンプルなものだったが、空はひとめ見たとき、そこに漂うなにか神聖《しんせい》なものに感応《かんのう》して、鳥肌《とりはだ》がたった。

そして、積み上げた石の前に思わずひざまずくと、静かに手を合わせた。

しばらくしてジーンズについた砂埃《すなぼこり》をはらいながら、空は、

「なにをお祀《まつ》りしているの？」

ささやくように、さくらに訊《き》いた。

「川の神さまをお祀りしているんだ」

さくらも声を落としてこたえる。

「川の神さま?」

「あたし、生まれたのが隅田川《すみだがわ》のほとりなの。そのあと鶴見川の近くに引っ越して、それから、ここ。なぜかいつも川のそばにいるんだ。水の流れを見てると、不思議とこころが落ちつくの。自分のからだの中を川が流れてるって感じ。ほら、血管って、からだの中を流れる川みたいでしょ?」

「たしかにそうだね」空がうなずく。

さくらは続けた。

「この島でお祈りすると、母さんにも会えるしね」

「?」

一瞬、どう反応すればいいのか、わからなかった。

「じつは……母さん、二年前に亡《な》くなったんだ」

「………」

「ある日、駅のプラットホームでふらふらっとして、電車にぶつかっちゃったの。貧血《ひんけつ》だったんだ」

自分に納得《なっとく》させるように、さくらは、わざと感情をこめずに言う。

空はなんと相《あい》づちを打てばいいかわからず、黙っているしかなかった。

「ここに来ると思い出すんだ。母さんと一緒に父さんの電車をよく見に行ったこと」

「お母さん、いま、どこにいるんだろ？」

ちょっと声がかすれたが、どうにか訊けた。

「たぶん……まだ天国には行けないでいる。ずっとこの世とあの世のあいだを漂っている気がするんだ」

「ただよう？」

「きっと、あたしのこと、心配なんじゃないのかな。お祈りしてると、必ず会いに来てくれるんだ」

空はふたたび言葉を失った。

さくらはちょっと虚《うつ》ろな目になり、

「電車は好き。だけど……嫌《きら》い」

ぼそっと寂《さび》しそうにつぶやいた。

空は言葉を探《さが》しあぐね、ただ川面《かわも》を見つめる。

風と水の音がいつも以上に大きく聞こえてきた。

さくらは再び、口をひらき、

「でも、母さんは、『お願いだから、電車を嫌いにならないで。これも母さんの運命だったの。だから、あなたの夢をかなえて。さくらの夢は母さんの夢なの』って言ってくれたんだ」

ときおり声を詰まらせながら、話した。

「………」

「あたし。やっぱり運転士になりたい」

*　　*　　*

「いま、さくらちゃん、どうしているの?」

マスターが訊《き》く。

「………」

空は一瞬、だまりこんだ。

カウンターに暗い視線を落とし、ニコタマ・スリングの最後の一滴を飲みほそうと、背の高いグラスをかたむける。が、氷がカラカラと音をたてるだけで、液体はほとんど残っていなかった。

マスターが、あ、という顔になった。

琉平もマスターの横で気を遣《つか》って目をぱちぱちさせ、フリーズしている。

「……ちょうど半年間のつきあいだったんだ」

やっと聞きとれるような声で、空がつぶやいた。

マスターと琉平はおもわず息をのんだ。

空はうつむいて、

「じつは……その年の秋、さくら、突然いなくなったの……」

「………………」マスターは押しだまったまま目をつむり、

「えっ？　なんで？」琉平は神妙《しんみょう》な声でおそるおそる訊いた。

「雨で多摩川が増水《ぞうすい》して……あっという間に中州にいたさくらの行方《ゆくえ》がわからなくなったの……」

子どものころから大水《おおみず》は何度も経験してきたが、マスターはその事件をまったく知らなかった。京都の大学で研究生活を送っていたころのことだ。

「さくらちゃん、どうして中州になんかいたんだろ？」

琉平が空に心くばりをしながら、おずおずと訊いた。

「……あそこは、さくらの神聖な場所だったから」

空はうなだれたまま、こたえた。

「川の神さまにお祈りしていたのかな？」

自分も毎朝、井戸の神さまに祈りを捧《ささ》げるマスターが訊いた。

空は黙ってうなずき、

「でも、あんなに急に水が増えるなんて……」

そう言って目を伏《ふ》せた。

＊　＊　＊

空が運転室の中に不思議な気配《けはい》を感じたのは、二週間まえのことだった。

マンツーマンで教える先輩が右手に立ち、渋谷から二子玉川までの地下区間を運転しているときだった。

三軒茶屋を出発した直後、なつかしい香りが、ふっと鼻をかすめたのだ。

ニベアのハンドクリーム……？

空は、仕事をしているときは化粧をなるべくおさえ、微香性《びこうせい》のものしか使わない。

と、うなじの辺《あた》りに、ふわっと風が吹いたような気がした。

その途端《とたん》、背すじが、ぞわっとした。

ま、まさか……。

最近は人身事故が多い。運転士や車掌《しゃしょう》の間では、地下トンネルのいろんなうわさが飛びかっている。

T字型ハンドルを握る両手が、白手袋の中でかすかに汗ばんだ。

気をしっかり持たなくちゃ。わたしは二千人の命を預《あず》かっているんだから。

右側に立った先輩は、そんな気配にまったく気づかず、ときどき舌打ちしながら、「二十秒遅《おく》れてるぞ。取り戻せ」と貧乏《びんぼう》ゆすりをしている。

ほんと、いけ好かないやつ……。

指導するふりして、ときどき肩に手をおいてきたりする。これってセクハラじゃん。むりやり「師匠《ししょう》」と呼ばせようとする尊大《そんだい》さもゆるせないわ。

腹立ちにまぎれて、きざした恐怖《きょうふ》が一瞬うすらいだとき、

「空ちゃん。だいじょうぶ。自分を信じるんだよ」

どこかで聞いたことのある、女の子の声がした。

空は思わずビクッとからだを震《ふる》わせ、隣に立った先輩を再びチラ見《み》した。

が、かれはワシのような鋭い視線を前方に走らせている。女の子の声はぜんぜん聞こえていないようだ。

「ダメダメ。注意散漫《さんまん》だよ。先輩以上にしっかり前を見て」

また声が聞こえてきた。

さくらだ！

この声は、ぜったいに、さくらだ。

そうだ。おませだったさくらは、あの頃ちょっと大人《おとな》ぶって、いつもニベアをつけていたっけ。

空はヘッドライトに照らされた前方の闇《やみ》を真剣に見つめ、ハンドルを握る両手に力をこめながら、こころの中で声を発した。

「さくら……でしょう？」

うん、と女の子の声がこたえた。

「空のことが心配で、来ちゃった。びっくりさせて、ごめんね」

空は、ううん、と首を振り、

「あの夕焼けの日から、電車が好きになったんだ」とこたえる。

えへへ、とさくらはうれしそうに笑い、

「あたしの夢、かなえてくれて、ありがと」

「でも、まだ……」

「こっちで母さんにも会えたんだよ。空が運転士になるの、とっても喜んでるよ」

「ほんと？」

うれしくて、ドキドキした。

「うん。ふたりでずっと応援してるんだよ。だから、だいじょうぶ。ほら、そこでノッチをちょっと入れて」

空がハンドルを微妙に手前に動かすと、電車にグンと力が入った。

すると、隣に立った先輩が、

「お、その調子だ。いまの感じでいけ。遅れが取り戻せるぞ」

めずらしく空の運転をほめた。

さくらが的確《てきかく》な指示を出してくれたおかげだ。

「ね？」

さくらがいたずらっ子の顔になって、笑ったような気がした。

もう、怖くなんかない。

たましいでもいい。さくらと再び会えたのが、うれしかった。

電車は暗いトンネルを小気味《こきみ》よいレールの音をひびかせながら、軽やかに走りつづけていく。そういえば、さくらは電車のゴトンゴトンという音が好きだと言っていた。

空はハンドルを握りながら鼻の奥がつんとして、銀色に光る二本のレールがにじんで見えた。

と、そのときだった。

「駅に進入するまえにホーンを鳴らして！」

さくらの鋭い声が聞こえた。

まだ用賀駅を通過するだいぶ前だ。

「？」

プラットホームもぜんぜん見えない。

「女のひとがホームの縁《へり》を歩いてる！」

さくらが叫ぶような強い調子で言った。

空はその言葉を信じて、右足でホーンのペダルを思いっきり踏んだ。

大きな警笛《けいてき》の音をひびかせながら、急行電車は轟音《ごうおん》とともに用賀駅を駆け抜けていく。

と、プラットホームの端《はし》でふらついていた中年の女性が、あわてて黄色い線の内側に飛びのく姿が目に入った。

空がひたいの汗をぬぐうと、横に立った先輩も思わず肩で大きく息をついた。

「よかったぁ」

さくらが空にささやき、顔をほころばせるのがわかった。

＊　　＊　　＊

マスターが空のほうをちらっと見ると、グラスの氷が溶けて水だけになっていた。

「じゃあ、あさっての最終テストのために、空ちゃんに、はなむけのお酒をプレゼントしよう。明日は休みだから、もうちょっとだけ飲んでもいいだろう?」

マスターが言うと、空はこっくりとうなずいた。

バックバーにしばらく目を走らせたマスターは、透明でスクエアなボトルを取りだし、空の目の前にふわりと置く。

空には、はじめて見るお酒だった。

細く長い脚のテイスティンググラスに、マスターが透きとおった液体をゆっくりと注ぐ。

すると、舞い落ちる花の下にいるような香りに包まれはじめた。

キルシュというサクランボのブランデーだよ、と言いながら、マスターがグラスを静かに滑《すべ》らせた。

「ライン川に沿ったフランスとドイツの国境《こっきょう》近くで生まれるお酒だよ」

「フランスではオー・ド・ヴィーと呼ばれます。オードリーではありません」

琉平がフォローする。

マスターがふたたび口を開いて、

「オー・ド・ヴィーというのは、『生命《いのち》の水』という意味の蒸留酒《じょうりゅうしゅ》なんだ」

「蒸留酒って?」空が訊いた。

「ビールやワインは甘いものを発酵《はっこう》させてできるお酒で、醸造酒《じょうぞうしゅ》って言うんだ。アルコール度数15度くらい。そんな醸造酒を火にかけて蒸発させ、その蒸気を冷やして、お酒のエキスを取りだしたのが蒸留酒。ビールを蒸留するとウイスキー、ワインを蒸留するとブランデーになるんだよ」

とマスターが教えてくれる。

「じゃあ、一度死んだお酒が、再び生まれ変わったのが、蒸留酒ってこと?」

空がまっすぐな目で訊《き》いてきた。

「そう。形は変わっても、お酒のたましいは残っている。蒸留酒は英語でスピリッツっていう。『たましい』の意味だよ」

「だから『生命の水』っていうのかな?」

「このサクランボのブランデーはボーダーで生まれる。どっちの国から見ても端《はし》っこの土地。でも、この『端っこ』というのがたいせつなんだ」

「…………」

空のあたまの中にたくさんの疑問符が浮かんだ。

「花といえば、やっぱり桜だろ？　花とは端《はな》のことなんだ。桜の花は端《はし》っこに咲く。この世とあの世の境界に咲くんだよ」

とマスターがおだやかな声で言うと、

「そういえば、『桜の下には死体が埋まっている』と誰かが書いてましたね」

琉平がうなずきながら、話を引きとった。

「このキルシュは、花の精《スピリット》がお酒になっているんだよ」

マスターが、曇《くも》りのない目で、空を見つめた。

「キルシュには、やっぱり、これでしょう」

琉平が言い、小さな梅干しくらいの円いチョコレートを、クリスタルの小皿に数粒入れてサーブした。

空が目顔《めがお》で「これ何？」と訊くと、

「食べてみると、わかりますよ」

琉平が顔をほころばせて、こたえた。

マスターがほっそりとしたチューリップのようなグラスを二つ出し、琉平と自分のためにキルシュを注ぎ、

「じゃあ、空ちゃんの合格を祈って」

三人でそっとグラスを合わせた。

「なんだか、花のいろに染まりそう」

ひとくち飲んだ空が、頬を上気させて言い、円いチョコレートをひとつぶ口に入れる。

と、次の瞬間、目を閉じたまま、小さな吐息《といき》をこぼした。

「わかりました？」琉平がにっこりとして言う。

「ブランデーに漬《つ》けたサクランボを、チョコレートでコーティングしたのかな？」

「ご名答《めいとう》です。赤い宝石のようなサクランボです」

「このお酒の香りと味がいっそう華《はな》やかになるね」と空。

「まさに画竜点睛《がりょうてんせい》。花のたましいがしっかり身体《からだ》にきざまれる」

マスターが言って、透きとおった酒を一気に飲みほした。

＊　＊　＊

四月三日。渋谷駅十七時五十三分。

中央林間行き急行の運転席に、空は背すじをただして座《すわ》っている。

おろしたての白い手袋を両手にはめ、T字型のハンドルをしっかり握りしめて、車掌《しゃしょう》からの出発合図を待っている。

信号が青に変わった。

ドアが閉まる。

車掌からのブザーが鳴った。

「出発、進行！」

右手で信号を指《ゆび》さし、つづいて両手でT字型のマスターコントロール・ハンドルを引く。

ノッチが入った。

電車はゆっくりと渋谷駅のホームを離れ、少しずつスピードを上げていく。

空は、はじめて一人で運転席に座っている。

となりには、もう指導運転士はいない。

軽快なレールの音に混じって、さくらのハミングがかすかに聞こえてきた。

空が、ちらっと右よこを見る。

満面に笑みを浮かべたさくらが、うなずいてくれたような気がした。

「だいじょうぶ。その調子」

空のこころに、やさしい声がとどく。

定刻《ていこく》ぴったりに三軒茶屋。位置のずれもない。
駒沢大学、桜新町、用賀――。
ゆるいカーブにさしかかる。
この長い坂を駆け上がると、二子玉川だ。
「もうすぐ、あたしたちの街だよ」
さくらの透きとおった声が聞こえた。
目の前の闇の濃度が、墨絵《すみえ》のように徐々《じょじょ》に薄くなっていく。
トンネルの先に、あかるい光が見えた。
と、運転席の窓の向こう、満開の花がいきなり目に飛び込んできた。
「空がさくら色！」
思わず声をもらした。
が、気をゆるめず、ハンドルをグッと前に倒し、ブレーキをかける。
急行電車は1ミリ1秒のずれもなく、ふんわりきれいに停車した。
ほっと息をつき、空は、よこを見る。
さくらの気配は、どこにもない。
そこには、ただ傾いた光が、やわらかく射《さ》しているだけだった。

Haruki Bunko
ハルキ文庫

よ 9-2

二子《ふたこ》玉川《たまがわ》物語《ものがたり》 バー・リバーサイド❷

著者 吉村喜彦《よしむらのぶひこ》

2017年10月18日第一刷発行

発行者 角川春樹

発行所 株式会社角川春樹事務所
〒102-0074 東京都千代田区九段南2-1-30 イタリア文化会館

電話 03(3263)5247(編集)
03(3263)5881(営業)

印刷・製本 中央精版印刷株式会社

フォーマット・デザイン 芦澤泰偉
表紙イラストレーション 門坂 流

ISBN978-4-7584-4126-1 C0193 ©2017 Nobuhiko Yoshimura Printed in Japan
http://www.kadokawaharuki.co.jp/[営業]
fanmail@kadokawaharuki.co.jp[編集] ご意見・ご感想をお寄せください。